無人駅と殺人と戦争

西村京太郎

祥伝社文庫

目次

第一章　上信電鉄

1

群馬県には、魅力的な私鉄が、三本走っている。

わたらせ渓谷鐵道

上毛電気鉄道

上信電鉄

の三本の私鉄である。

いずれも、それぞれ特徴があって、観光客に人気があるのだが、ここにきて、ひときわ元気のいいのが、上信電鉄である。

上信電鉄は、高崎駅から、ねぎで有名な下仁田駅まで、三十三・七キロを結んでいる。

一八九五年（明治二十八）に設立されていて、現存する地方の私鉄の中では、二番目に古いという。

今まで、上信電鉄の魅力は、その古さにあった。昭和ロマンの匂いという人もいた。

何しろ、売り物が、一九二四年（大正十三）に、ドイツから輸入したデキ1、デキ3と呼ばれる電気機関車だったからだ。

この小さくて可愛らしい、古色蒼然とした二台の電気機関車は、臨時列車やイベント列車などの時には、必ず、引っ張り出されて、観光客の眼を、楽しませてきたのである。去年は、社長が運転して話題になった。

さらに、今年から、強力な助っ人が、現れたのだ。

上信電鉄には、二十一の駅がある。その中の上州富岡駅を降りて、徒歩十五分のところに、明治五年に開設された富岡製糸場があった。この工場が、世界遺産に指定されたのである。今や、ウィークデイでも、高崎から、上信電鉄に乗って、上州富岡駅で降りる観光客で、満員である。

今まで、西武系の古い車両を使っていたのだが、ここにきて、新車両を購入して、走らせている。まさに群馬県下の私鉄の星である。

世界遺産の富岡製糸場を利用して、乗客を増やす。そこで上州富岡駅止まり、同駅始発の列車を、増やしているが、新しい時刻表を見ても、二十一駅の中、無人駅が、八駅もあるし、時間を限定して、駅員を置く駅も、八駅ある。

その中の千平(せんだいら)駅は、終点、下仁田の一つ手前の無人駅である。

このあたりは、上州妙義山(みょうぎさん)系の山脈が迫っていて、冬には、有名なカラッ風が、吹きつけてくる。

木造の古い駅舎で、始発の高崎で乗ってきた乗客も、上州富岡で降りる人が大部分で、この千平まで乗ってくる人は、少ない。

そこに、六年ほど前から、この千平駅の掃除をする老人が、現れた。

上信電鉄が、依頼したわけではない。

勝手にやってきて、朝と夕方、持参の掃除具を使って、ホームや駅舎を掃除して、帰っていく。

駅舎に、花を飾ることもあった。乗客と、あいさつすることもあるが、寡黙(かもく)な印象が、強かった。

一年も、ボランティアが続くと、マスコミも、この老人に興味を持って、取材しようとしたが、一週間ほど、姿を見せなくなった。理由はわからないが、よほどのマスコミ嫌いなのだろう。この時は、取材しようとした週刊誌の記者が、乗客に罵声を浴びせられて、早々に撤退してしまった。

乗客の一人が、駅舎に、

「マスコミが退散したので、安心して、戻ってください」

と、紙に書いて貼り出し、その結果、老人は戻ってきて、前と同じように、駅の掃除を始めた。

そんなこともあって、駅を利用する人たちは、簡単なあいさつはするが、あれこれ質問はしない、という、暗黙の取り決めが、生まれたのである。

電車の運転士も、老人の姿を見かけた時は、軽く手をあげて、あいさつするようになった。中には、「ありがとう」と、声をかける運転士もいた。すると、老人は、黙って、ニッコリした。

年齢は、九十代だろうと見る人が多かったが、背が高く、しゃきっとしていた。そんな姿勢と年齢を考えて、戦時中は、軍隊にでも入っていたんだろうと、考える人もいたが、もちろん、それを本人に問いただす者は、いなかった。

二年、三年と経つうちに、老人は「千平のおじさん」と、呼ばれるようになった。

上信電鉄の会社も、老人に対して何もいわなくなり、会社公認のボランティアということになった。それだけでなく、会社は、五年目になると、特別社員と呼んで、バッジを贈った。

めったに休むことはなかったが、雪が降って、寒い日が続いたあと、珍しく、三日間、続けて、姿を見せないことがあった。

五年目になった頃には、「千平のおじさん」は少人数ながらファンクラブまで出来た。そのファンクラブが駅舎に、厚手のセーターとカイロを飾って、老人に贈ったこともあった。

2

今年の六月十日。

老人が千平駅に現れ、掃除を始めてから、正確には、六年と十七日目だった。

下仁田行きの下り始発電車が、高崎を出発するのは、午前五時二六分。千平着は、六時二〇分である。

この時間では、通学、通勤の乗客も、少ししか、乗っていない。

ワンマン・カーの、一両編成で、運転してきた運転士は、千平のホームに、人が、俯せに倒れているのを発見した。

着ているジャンパーや、帽子から、すぐ、「千平のおじさん」と、わかった。

声をかけたが、返事がない。誰かに頼んで、救急車を呼んでもらおうとしたが、無人駅である。

それに、降りる客も、乗ってくる客もいない。そこで、終点の下仁田に着いてから、駅員に連絡した。

急いだつもりだが、救急車が、千平駅から「千平のおじさん」を収容し、一番近い病院まで運んだのは、三十五分後だった。

老人は、背中を数カ所、刺されていた。すぐ手術が必要だというので、大病院のある高崎に運ばれ、そこで、緊急手術が行われることになった。

八時間に及ぶ大手術で、一時的に、意識を取り戻したが、英語らしき言葉を、一言口にしただけで、老人は、こと切れてしまった。

最後の言葉は、録音してあったので、英語に詳しい人にも聞いてもらい、

「ジャッジメント」

と、わかったが、その一言だけでは、「千平のおじさん」が、何をいいたかったの

か、わからなかった。

殺人事件として、群馬県警捜査一課が、捜査に当たることになった。

刑事七人のリーダーは、足立警部である。

足立は、高崎市内に住んでいたが、被害者のことは、前から知っていた。

上信電鉄で、下仁田温泉に行った時、「千平のおじさん」のことを聞いたし、見かけてもいたからである。

足立は、まず、高崎駅にある上信電鉄本社に行き、広報担当者から、被害者のことを聞いた。

ところが、彼の名前も、住んでいる場所も知らないといわれて、足立は、驚いた。

「六年も、上信電鉄の千平駅でボランティアをしていたんでしょう?」

と、いうと、広報担当は、

「あの人は、自分のことを喋らない人でしたし、他人にきかれるのも、嫌がっていたんです。それで、誰も、きいたりしませんでしたから」

「しかし、毎日、千平駅に通って来ていたわけでしょう?」

「そうです」

「上信電鉄の電車を利用していたんですか?」

「違うみたいです。うちの電車に乗っているのを見かけた人はいませんから」

「どうしてですかね？」

「わかりませんが、車内で、大勢に見られたり、声をかけられるのが、嫌だったんでしょう」

「そうすると、千平駅の近くに住んでいたんでしょうか？」

「違うと思います。小さな集落ですから、千平に住んでいれば、誰かが、気づいていたと思いますから」

そこで、足立は、刑事たちに、千平駅周辺で、聞き込みをやらせた。

その結果、白っぽいホンダ製の軽自動車に乗っているのを、目撃されていたことが、わかった。

さらに高崎ナンバーだとわかったが、正確なナンバーは、わからない。

足立は、老人が救急車で運ばれ緊急手術を受けた高崎の病院に行ったのだが、身元を説明するものは、何も、持っていなかったこともわかった。

本人がもともと身につけていなかったのか、他人が持ち去ったのか、不明だった。

そのため身元は、なかなか、判明しなかった。

指紋の照合もしてみたが、データベースに、合致する指紋はなかった。

「千平のおじさん」の死は、翌日の新聞が取り上げたので、家族からの連絡があるのではないかと、期待したのだが、なぜか、いっこうに、電話も、郵便も、なかった。

二日後の捜査会議で、そのことが問題になった。

「まるで、天涯孤独な人間みたいに見えます」

と、足立は、捜査本部長にいった。

本部長は、県警本部長である。

「しかし、九十代の老人だろう？」

と、本部長は、いった。

「そうです。九十代の前半に見えます」

「それなら、家族や、友人知人が、いてもおかしくはないな」

「指紋の照合もしてみましたが、データベースには、ありません」

「最後の言葉は、『ジャッジメント』だったな？」

「そうです」

「日本語なら、裁判か判定か」

「そうです」

「ひょっとして、外国人じゃないのか？　今は、アジアの人間が、沢山、日本に来ているからね」

「それも考えましたが、他の人間とは、すべて、日本語で話をしています。英語を使ったのは、死ぬ間際(まぎわ)に残した『ジャッジメント』だけです。九十代の人間で、死の直前に、英語のメッセージを残したのですから、かつて英語圏で生活していたか、そうでなければ、それなりの教養を身につけることのできた、境遇だったのではないかと思われます」

「身元も、居住地も、わからないのかね？」

「唯一の手掛かりは、被害者が乗っていた白の軽自動車です。これを調べていけば、必ず、どこに住んでいたかわかると思っています」

白の軽自動車は、高崎ナンバーで、ホンダ製とわかっている。

高崎ナンバーの白のホンダの軽自動車。

この線で捜査を進めていけば、老人の住所にたどりつくと足立は思っている。

もう一つ、被害者は、その軽自動車で、千平駅に通っていたはずだが、事件の日、駅の近くに、この車はなかった。

とすれば、犯人が、老人を殺したあと、その軽自動車を運転して逃げた可能性もある。もし、その車が見つかれば、犯人の動きも、わかってくる可能性がある。

3

五日後の六月十五日。

やっと、問題の軽自動車の持主の氏名と、住所が判明した。

氏名　小原(こはら)　勝利(まさとし)　(九十三歳)
住所　達磨寺(だるまじ)近くのマンションの三〇二号

足立は、すぐ、部下の刑事を連れて、そのマンションに、向かった。

古びたマンションの三〇二号室である。

地下が駐車場になっていて、被害者の軽自動車はそこに、とめてあった。

「やはり、ありましたか」

と、刑事の一人がいった。

「とすると、誰かが千平駅からマンションまで、この車を運転してきたことになります」

「そうだな。その誰かが、犯人の可能性が高い」

と、足立が答えた。

車の外観を調べてみたが、特に異状はなかった。

運転席側のドアも、施錠(せじょう)されていない。

鑑識課員が、ドアやハンドルの指紋を採取し、車内も、くまなく捜索した。

「なぜ犯人は、小原勝利を殺傷したあと、すぐに逃走せず、目撃される危険を冒(おか)してまで、小原のマンションに、車を運転してきたのでしょう？」

刑事が、聞いた。

「小原の部屋に、用事があったのだと考えられるな」

足立は刑事たちをうながして、小原の部屋に向かった。

三〇二号の小原の部屋のドアも、施錠されていなかった。

玄関に入ると、２ＤＫの部屋の中が見渡せた。部屋はめちゃくちゃに荒らされていた。

机の引き出しは抜き出したまま、引っくり返されていたし、ソファは切り裂かれて、中の綿が、引っ張り出されていた。

その有様に、足立は、

「犯人が、何を盗み出そうとしたのかわかれば、殺しの動機もわかるんだがな」

と、いった。

「小原勝利の最後の言葉は、『ジャッジメント』でしたね？　それじゃありませんか？」

と、刑事の一人が、いう。

「それって？」

「小原は、何かやらかして、裁判にかけられていたんじゃありませんか？　それが嫌で逃げ廻っていた。だから、自分のことを話さなかったし、他人にきかれるのも嫌がったんじゃありませんか？」

「その可能性はある」

と、足立も、うなずいた。

小原が、上信電鉄の千平駅に現れたのは、六年と二十二日前である。とすれば、そのころ、裁判にかけられていたのだろうか？

足立は、すぐ裁判のことを調べてみることにした。刑事、民事の両方である。

その裁判の被告人は、もちろん、小原勝利である。

法務省にも協力してもらって、当時の裁判の記録に当たってみた。その結果、いかに多くの裁判が行われているかということに、足立は驚いたのだが、その中に、「被告人・小原勝利」の名前は見つからなかった。

「もう少し、範囲を広げてみましょう」

と、足立は、本部長に、いった。

「どんな風に、広げるんだ？」

「一般に、裁判に関与するのは、成人になってからでしょう。もちろん少年時代に、裁判の被告人になることもありますが、小原の場合、少年時代は戦前になってしまいます。ですから、小原が成人した、昭和十七年以降の裁判記録に、当たってみようと考えています。小原は今年で九十三歳ですから、昭和二十年には二十三歳でした」

「そこまでさかのぼる必要があるのかね？　もしそうであっても、とっくに時効になっているはずだ。そんな古い事件なら、死ぬ間際まで、裁判にこだわるだろうか？」

「ええ、そこのところは、なんともいえません。しかし現状では、『ジャッジメント』という言葉しか、手掛かりがありません。やってみて、なにも見つからなければ、それはそれで、仕方ありません。また別の方向を探すまでです」

足立警部の意見を、むげにしりぞけることもできず、本部長は苦笑した。

「じゃあ、やってみるか。たいへんだとは思うが」

「ありがとうございます。ところで小原は、背も高く、骨太で、病弱には見えません。戦争に、出征しているかもしれません。となると、戦後の法律だけでなく、戦前の、軍隊の法律も、考慮に入れる必要があります」

「どういうことかね？」

「戦時中、もし軍隊に入っていたなら、例えば、誤って小原が、戦友を射ってしまえば、軍事法廷で裁かれます。陸軍にも、海軍にも、それぞれ刑法があったので、それに従って、裁かれるわけです」

「つまり、戦後の裁判だけでなく、戦時中の軍事法廷の可能性もあるということだな？」

「そう考えました」

「私は、よく知らんのだが、軍事法廷というのは厳しかったんだろうね？」

「図書館へ行って、軍の刑法を、コピーしてきました」

と、いって、足立は、それを、本部長に渡した。

「これは、今も、効力を持っているのかね？」

と、本部長が、きく。

「戦後、廃止されました」

「かなり厳しそうだね？」

「興味深いのは、戦時中と戦争のない時とでは、極端なほど刑が違うことです。例えば、戦争のない時に逃亡しても、戻ってくれば死刑にはなりませんが、戦時中、『敵を面前（めんぜん）にして』の逃亡は、死刑ですし、命令をきかなくても死刑です」

「私は、前々から、気になっていることがあるんだがね」

と、本部長が、いう。

「どんなことですか？」

「今回の戦争で、日本では、捕虜（ほりょ）になることは、禁じられていたといわれる。捕虜になるくらいなら、自決しろということだったんだろう？　軍人ばかりか、民間人まで、アメリカ軍に捕まるよりはと、海に飛び込んで、死んでいる。本当に、捕虜になることは、許されなかったのか、首をかしげてしまうんだよ。本当に、捕虜になることは許されなかったのか？　それは、どの法律だったのか？　今でも不思議なんだがね」

「軍人が、従わなければならないのは、陸軍と海軍の刑法です。民間人は、その刑法にも、従う必要はありません」

「しかし――」

「日清、日露戦争では、日本兵が敵の捕虜になることが多すぎて、軍部は困ってしまったのです。当時は、捕虜になっても、金鵄勲章を貰う人もいて、処罰の対象じゃなかったんです。そこで、昭和十六年に、東條陸軍大臣が、軍の規律を引き締めようとして、『戦陣訓』を作ったのです。この中の『生きて虜囚の辱を受けず』が、ひとり歩きして、戦時中の日本人はみんなその思いを持ってしまいました。これは、法律ではなくて、単なる訓示ですから守る必要はなかったんです」

「旧軍刑法には、捕虜になることについて、どう書いてあるんだ？　やはり、死刑か？」

「いや、『戦陣訓』みたいなバカなことは、書いてありません」

「『戦陣訓』は、バカなことかね？」

「とにかく、戦え、戦えばかりで、最後には死ねですからね。あれじゃあ、兵士に救いがありません」

「旧軍刑法だって、どうせ、精神主義だろう。死ぬまで戦えみたいな——」

「それが、違うんです。意外に理論的、合理的なんです。死ぬまで戦えみたいな文章は、どこにもありません。捕虜についていえば、『矢つき刀折れ食糧もなくなり、戦うこともできなくなった時』は、降伏してもいいと、いっているのです。その上、降伏したことに対する罰は、禁固六カ月以下という軽さです」

「それを聞くと、ホッとするね。どうして、そんなに『戦陣訓』との間に差があるんだろう？」

「旧軍刑法は、明治時代に作られ、『戦陣訓』は日中戦争が泥沼になった、太平洋戦争の直前に作られたということもあると思います。片方は明治の大らかさがあり、もう片方は、日中戦争の泥沼から脱出できず、対米戦争が迫っていて、軍人に、大らかさがなくなっていたからだと思います」

「なるほどね」

「もう一つ、付け加えれば、『戦陣訓』の作者の東條英機は、官僚ですから」

「東條は軍人だろう？」

「形は、そうですが、官僚的な軍人がいて、彼らが、日本を滅ぼしたともいえるんです。陸軍でいえば、陸大を優秀な成績で卒業すると、戦場には行かず、参謀本部詰めになります。そうした優秀な軍人たちの集まりが、頭の中で考えて、作戦を計画し、それを戦場の将兵に、実行させるのです。頭でっかちで、実戦経験のないエリートたちです。つまり軍人だが、官僚的な考えの持主が作戦を立て、日本軍を指揮していたんです。東條についていえば、彼も、陸大を卒業し、関東軍の参謀長になり、陸軍大臣になり、最後は、首相になりました。官僚的な出世コースを、走ったわけです」

「東條も官僚か？」

「はい。東條が最悪なのは、自分のまわりに、官僚的な軍人を集めたことです。東條の三奸四愚（さんかんしぐ）といわれましてね。イエスマンばかり集めて、自分に都合のいい政治をやろうとしたんですから、現代の悪徳政治家、悪徳官僚を集めたようなもので、悪人の集まりです。特にまずいのは、日本でもっとも恐れられた憲兵のボス二人を自分の側近として抱え（かか）、自分に反対する人間は、憲兵を使って、次々に逮捕したことです。いわゆる憲兵政治です」

「ちょっと、待て」

と、本部長が、いった。

「君は、若いのに、どうして、太平洋戦争中のことに、詳しいんだ？」

「――――」

と、足立は、黙ってしまった。

本部長に促（うなが）されると、足立は、こんな話をした。

「私の叔父の一人が、戦時中、陸軍の参謀本部にいたんです。今、私がいった、軍人だが官僚という、典型的な例だったんです。その叔父は、自ら反省して、日本を敗北に追いやったのは、陸軍参謀本部と、海軍の軍令部だったといっていました。数年前に病死したんですが、最後まで、自分のいた、陸軍参謀本部に対する批判を、続けていました」

「軍人と官僚か」

「これを突きつめていくと、有名な統帥権問題にぶつかるんです」

「その言葉は何かの本で、読んだことがある。日本の軍隊の最大の欠点だと書いてあったが、よくわからないんだ」

「簡単にいえば、旧日本軍には、二つの命令系統があったということなんです」

と、足立はいい、メモ用紙に、簡単な図を描いていった。

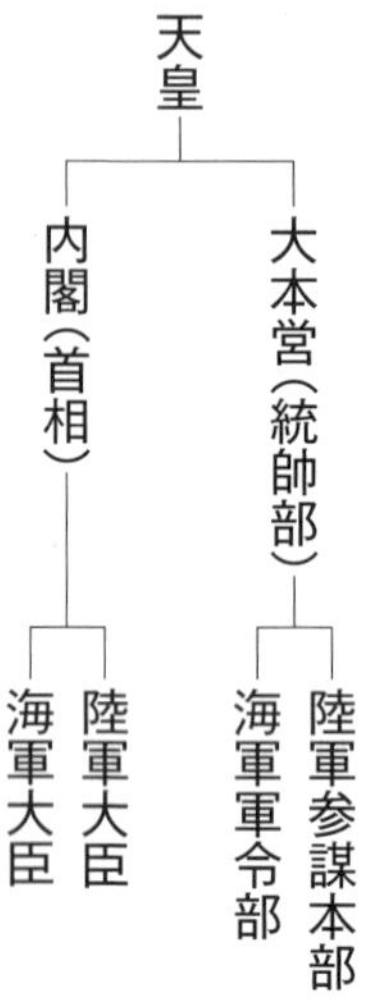

天皇
- 大本営（統帥部）
  - 陸軍参謀本部
  - 海軍軍令部
- 内閣（首相）
  - 陸軍大臣
  - 海軍大臣

「内閣総理大臣から、陸軍大臣と、海軍大臣へ命令が伝えられ、さらに、大臣から、陸軍なら師団へ、海軍なら艦隊へ命令が下りて行き、最後は、兵士たちに伝えられて、戦争が始まります。たいていの国の軍隊の命令系統は、これと同じです。ところが、日本の場合は、これとは別に、もう一つの命令系統があったんです」

「こちら側の、系統だというのかね？」

本部長が、足立の書いた組織図の、右側の線を指差した。

「そうです。それが、天皇直属の大本営（だいほんえい）の存在です。大本営は、陸軍参謀本部と、海軍軍令部の優秀な官僚で構成されています。陸軍大学校と海軍大学校を優秀な成績で卒業した生徒が、前線には派遣されず、作戦のために、情報を集めたり、作戦を計画したりする大本営に、勤務するようになるのです。何しろ、大本営は、天皇直属ですから、ここで計画される作戦が、何よりも優先します。つまり、陸軍省や海軍省の作戦よりも、大本営の作戦が優先するのです」

「実際に、そういう例があった、ということなんだな？」

「ええ。例えば、大本営の陸軍部にいた辻政信（つじまさのぶ）が、ノモンハンの戦いを計画すれば、それが、優先したし、敗北しても、責任を問われなかった。シンガポールの攻略戦では、辻政信の命令で、反日的だという理由で、華僑（かきょう）の青年が、日本側の数字では六千名、華僑側では六万名が殺されたといわれます。本来なら、陸軍刑法で裁判にかけられ、罰せられるはずなのに、それが実行されなかったんです」

「辻政信という名前は、どこかで聞いた記憶があるよ。あまりいい噂じゃなかったな。戦後、国会議員にもなったが、東南アジアのどこかで失踪して、行方知れずになったとかいう人物だろう？」

「おっしゃるとおりです。毀誉褒貶の激しい人物です。『作戦の神様』といわれましたが、独善的な指揮をとった、ともいわれています」

「じゃあ、旧軍刑法に従って、罰せられた日本の軍人はいたのか？」

「ゼロだったんじゃないかという人もいますが、そうでもないんです。特に日中戦争では、中国人の娘を強姦した兵士が、軍事裁判にかけられています。一番有名なのは、天野という将校で、軍事裁判で将校から兵士に降格されています」

と、足立がいった。

4

防衛省にある軍事法廷の記録に、足立は眼を通した。が、その記録の中に、小原勝利の名前はなかった。

その代わりのように、小原勝利の名前が、新聞に載(の)ったので、群馬県警に、やっと、有力な情報が入った。

東京に住む青木順(あおきじゅん)という五十歳のサラリーマンからで、次のような電話だった。

「私の父は、海軍兵学校の出身で、敗戦の時シンガポールにいて、戦後、復員してきたのですが、生前、江田島(えたじま)の海兵時代の話をよくしていました。自分が一番気の合った戦友の名前をよく口にしていましたが、確か小原勝利という名前でした」

「海軍兵学校というのは、間違いないんですか？」

と、足立が念を押すと、

「何回も、いっていましたから、間違いありません」

「それで、小原勝利さんのことを、どんな風に話していたんですか？」

「父は、海兵の同期生の生き残りに連絡して、集まっていたんですが、中でも、一番、会いたいのは、小原さんだったのに、いくら探しても、見つからなかったと、残念がっていました」

「失礼ですが、お父さんは、いつ亡くなられたんですか？」

「亡くなったのは、今から三十年前の夏です」

と、いう。

小原勝利が、上信電鉄の千平駅に現れたのは、六年前。それより二十四年も前である。

その頃、小原勝利は、どこで、何をしていたのだろうか？

三十年前なら、小原は、六十三歳である。普通の会社に勤めていて、今の六十五歳定年制なら、定年退職の二年前である。

家庭もあり、部長ぐらいにはなっただろう。探せば、簡単に見つかるはずなのに、江田島の海兵時代の親友がいくら探しても、見つからなかった。連絡が取れなかったという。なぜなのだろうか？

その理由を知りたくて、足立は、現在、江田島にある海上自衛隊の学校に出かけた。

旧海軍兵学校の記録は、創立時からのものが揃っていた。

青木順の父親、繁と同期の名簿と、卒業写真もあった。

卒業写真を見た。

卒業生は、五百二十八人。

その名前と、写真を眼で追っていくと、まず青木繁の名前が見つかった。

さらに探していくと、小原勝利の名前もあった。

次は、写真に添えられている消息だった。

戦死者が多い。

海兵出身は、海軍の根幹なので、大事にされ、戦死者が少なく、逆に学徒出身の幹部候補生は消耗品と見られたので、戦死者が多いといわれるが、海兵出身者も、戦死者は多いのである。

五百二十八人の中、「戦死」と書かれている者が、二百人を越えていた。

無事に戦後を迎えた生徒の場合は、大企業に就職した者とか、海上自衛隊に入った者が多かった。

（小原勝利は、どうなっているのか？）

足立は、期待を持って見たのだが、そこにあったのは、意外な文字だった。

〈不明〉

である。別人の名前の下には、すべて、きちんとした消息が書かれているのに〈不明〉というのは、なぜなのだろうか？

足立は、広報担当の隊員に、きいてみることにした。

「この小原勝利さんのところに、〈不明〉とあるのですが、これは、何を意味しているのですか？」

と、きくと、相手は、

「その言葉どおりです」

ぶっきらぼうに答える。

「しかし、卒業生について、今、どうしているのかを調べて、書き加えているんでしょう。亡くなった場合は、死亡の日時も書いてあるじゃありませんか。小原勝利さんの場合は、調べなかったんですか？　探さなかったんですか？」

「私にもわかりません。〈不明〉と書く理由があったんだと思いますが、前任者の時ですから、私にも、わかりません」

「誰にきいたらわかるんですか？」

「さあ、私にもわかりません」

と、いう。

このまま、いくら質問を繰り返しても、返ってくる答えは、同じだろう。

足立は、今も健在の卒業生の中、関東地方の人たちの住所と、電話番号を手帳に写して、江田島を、後にした。

5

東京在住の人たちの数が、一番多いので、足立は、まず、東京のホテルに泊まり込んで、仕事をすることに決めた。

東京在住は、五人である。

その一人一人に、電話をかけたが、五人の中の三人が、亡くなっていた。

残る二人も、何しろ九十三歳である。急がないと、亡くなってしまう恐れがあった。

江田島から着いたその日に、連絡をとり、会いにいくことにした。

一人目は、妻を亡くし、現在、武蔵小山に、娘夫婦と住んでいる、渡辺信治という九十三歳の男性だった。

少し耳が遠かったが、娘が、通訳してくれた。

「海兵同期の小原勝利さんのことを覚えていますか？」

と、きき、コピーしてもらった卒業写真も、見せた。

小さく、眼が動いたように見えたが、

「いや、覚えていないな。申しわけない」

と、いう。

「この小原勝利さんの写真の下には、〈不明〉とあるんです。他の卒業生の場合は、丁寧に消息が記してあるのにです。この〈不明〉というのはどういう意味でしょうか？」

「その言葉どおりだろう。いくら探しても、見つからなかったので、〈不明〉としたんだと思う。別に不思議はないと思うがね」

「しかし、戦後七十年ですよ。七十年の間には、いろいろあったと思うんです。就職もしたでしょうし、結婚したかも知れない。そう考えると、〈不明〉というのは、おかしいんじゃありませんか？」

「仕事についていない時もあったんだろう」

「それなら、〈不明〉より、失業中でしょう？」

「それは、担当者の好き嫌いだ」

「しかし、七十年ですよ。七十年間も、失業中のわけがないでしょう？」

「じゃあ、身体をこわして、長いこと、どこかの病院に入院していたんだろう」

「七十年もですか？　入院していた卒業生にはどんな病気で入院と書くべきだと思いますよ。よく見て下さい。こちらの高島伸一郎さんのところには、『現在軽井沢のR病院に入院中。病名は胃ガン』と、ちゃんとのっていますよ」

「本人が〈不明〉にしておいてくれと、いったのかも知れんよ」

「しかし、親しい友だちには、会いたかったと思いますよ。誰にも連絡して来なかったというのは、どう考えても、おかしいですよ」

「それじゃあ、つい、出来心か何かで、些細な罪を犯してしまった。それが恥ずかしくて、誰にも連絡して来なかったのかも知れんね」

「小原さんは、そんなことをする男ですか？」

「正直にいうと、私は小原勝利のことは、よく知らんのだよ。同じ兵舎で寝起きしていたわけじゃないのでね」

「おかしいですね」

「何がだね？」

「ずっと、同じ海軍兵学校で過ごされたんでしょう。それも、全寮制だった。それなのに、よく知らないんですか？」

「いいかね君。五百二十八人の大世帯なんだ。その全員を知らなくても、不思議はないだろう」

このあと、何をきいても、わからないの一点張りだった。

足立は仕方なく、二人目を訪ねることにした。

名前は田原誠（たはらまこと）。東京だと思ったら、千葉県千倉（ちくら）の老人ホームに入っていた。

山の中腹にあって、遠く太平洋が見えた。

「ここでいいのは、太平洋が見えることだね。海が見えないと、落ち着かないんだ」

「奥さんは、一緒ですか？」

足立がきくと、田原は、笑って、

「家内はとうに亡くなっているよ」

「今、海兵であなたと同期の小原勝利さんのことを調べています。小原さんは先日亡くなったんですが、殺された可能性があるので、こうして、同期の皆さんに、話を聞いて廻っているんです」

「私の前に、誰か会ったのかね？」

「渡辺さんです。渡辺信治さんです」

「そうか。彼はどんなことを話したね？」

「あまり聞けませんでした。それで、田原さんに期待しています」

「小原勝利君は、別の宿舎だった。卒業するまでだよ。だから、彼のことはよく知らんのだ」

と、田原も、いう。

「おかしいですね」

「何がだね？」

「江田島に保管されている記録によれば、あなたは、卒業するまで、同室だったとなっていますよ」

「それは、何かの間違いだ。入校した日から彼とは別の宿舎だった。だから、江田島の記録のほうが、間違っているんだ」

と、田原が、主張する。

「困りましたね。小原さんは、事故で亡くなったわけじゃありません。殺人事件なんです。ご協力いただけませんか？」

「だから、小原のことは、よく知らないといってるじゃないか。それに、こんな年寄りに、何十年も前のことを思い出せといわれても、記憶もあやふやになってるんだ」

田原は、足立と目を合わせないように、外の景色を見やって、いった。

「そうですか。それじゃあ、仕方ありません。田原さんは、お身体は、健康でいらっしゃるようですから、県警本部まで、ご足労いただくことにしましょう。表にパトカーを待たせてあります。ご同行願えますね？」

と、足立が、田原をうながすように、いった。

「同行って、なんだ？　私は容疑者でも、なんでもないんだ。群馬まで出かける時間なんてなかった。アリバイは完璧だ」

「いえ、田原さんが、殺人の容疑者だなどとは、いっていません。ただ、今回の殺人事件に関して、重大な事実を隠しておられるのなら、われわれは、犯人を意図的に匿われる、容疑者として、田原さんを訊問しなければなりません。ご同行、願えますね？」

と、足立が厳しい表情で告げると、田原は黙って、足立を睨んだ。

「正直に、知っていることを、話してもらえませんか」

足立がなおも迫ると、田原は、急に肩を落として、

「私は、小原君について、いろいろ知ってるわけじゃない。何しろ、海兵時代の三年に比べて戦後は七十年だからね。それに、私はもう九十三歳だから、どんどん忘れてしまうんだよ」

「では、覚えていることだけでも構いませんよ」

と、足立が促(うなが)した。

「海兵の歴史に泥を塗った奴だから、小原には近づくなといわれた」

「どうしてですか？　それに、誰が、そんなことを、あなたに、いったんですか？」

「理由は、わからん。忠告したのは、海兵の先輩だ」

と、田原は、いう。

足立は、旧日本軍は、上意下達(じょういかたつ)で、特に海軍は、先輩には逆(さか)らえなかったというのを、聞いたことがあった。

「上意下達」というのは、命令系統のことである。上の人間が計画を立て、下の者に向かって命令する。

その命令に対して、日本の軍隊では、上官に反対することは、どんな場合でも許されなかったという。

特に日本の海軍では、上意下達の強い歴史があって、上官の命令に対して、異議を唱えたり、反抗することは、まず、できなかったと、海兵のＯＢから聞いたことがあった。

「海兵の歴史って、何ですか？」

と、足立は、質問の形を、少し変えてみた。

「質実剛健。上官の命令は、絶対」

田原は、暗記した言葉を唱えるように、いった。

「小原さんは、その歴史に、反抗したわけですか？」

「くわしいことは、わからないが、先輩たちの言葉は絶対だからね。同期のわれわれは、なるべく、小原君に近づかないようにすることになった」

「理由もわからずにですか？」

「先輩の指示は絶対だからね」

「それは、いつのことですか？　戦時中ですか？　それとも戦後ですか？」

「戦後二年目に、海兵ＯＢの集まりが、東京であった。その時だ」

「正確な年月日が、わかりますか？」

「昭和二十二年八月十五日だ」

「そこには、小原さんは、出席していたんですか？」

「いや。出席なんかしていなかった」

「その後も、海兵ＯＢ会は、定期的に行われていたんですか？」

「一年ごとの八月十五日に、開かれていたが、出席者は、次第に少なくなっていったよ」

「そのたびに、小原勝利は、海兵の歴史に泥を塗ったと、先輩は、口にしていたんですか？」

「いわなくても、会の暗黙の訓示みたいになっていたよ」

と、田原はいう。

「小原さんは、今まで、一度も出席していないんですか？」

「一度も出席していない」

「なぜですかね？」

「先輩が、いうように、海兵の歴史に泥を塗ったといわれているところに、顔を出せなかったんだろう」

と、田原は、いった。

その答えに、足立が不満だったのは、海兵の歴史に泥を塗ったというが、その内容がまったくわからないことだった。

足立に想像できることは、限られていた。戦後の生まれで、戦争体験がないからである。

本の上で、太平洋戦争を知っている足立は、それらしい事件を二つ思い出していた。

一つは、陸軍のインパール作戦である。

ビルマ（今のミャンマー）を守っていた第十五軍（指揮官牟田口中将）は、十万の兵士を率いて、隣りのインドのインパールに侵攻する計画を立てた。

参加するのは、第十五師団、第三十一師団、第三十三師団である。この計画は、最初から、補給に不安があるといわれていたが、牟田口司令官は強行した。

しかし、不安は適中して、忽ち、補給が続かなくなってしまった。

特に北側を受け持った第三十一師団は、食糧もなくなり、弾薬もつき果ててしまったので、佐藤幸徳師団長は、このまま補給がなければ、師団長の独断で撤退すると、牟田口司令官に打電したが、死ぬ気で戦えというばかりで、食糧も弾薬も送って来ない。そこで、佐藤師団長は命令に抗して、第三十一師団に撤退を命令した。

明らかに、命令違反（抗命）である。怒った牟田口司令官は、佐藤師団長を更迭し、軍事法廷にかけようとした。

海軍関係でいえば、昭和十九年三月三十一日、連合艦隊司令部は、二式飛行艇二機に分乗しアメリカ軍の空襲下のパラオから脱出してダバオに向かった。ところが、荒天のため、古賀司令長官の乗った一番機は、行方不明になり、二番機は、セブ島に不時着した。ここは、ゲリラの支配地区だったため、二番機に乗っていた福留参謀長たちは、ゲリラの捕虜になってしまった。

日本軍は、ゲリラと交渉し、福留参謀長たち九名を取り戻した。ところが、マリアナ沖海戦のために計画した「Z作戦指導案」が奪われ、アメリカ軍の手に入ってしまった。「戦陣訓」の「生きて虜囚の辱を受けず」を考えると、この九人は、自決に値するのだが、彼らは何の罰も受けず、昇進もしているのである。

足立の頭に浮かんだのは、この二例だったので、田原に、この二例を話し、

「小原さんは、これと同じようなことで、海兵の恥といわれているんですか?」

ときいてみた。

田原はすぐ、

「少し違うね。いや、全然違う」

と、いった。

「どっちなんですか？　少しですか？　全然違うんですか？」

「全然違うよ。それ以上は、何もいいたくない」

と、田原はいい、黙ってしまった。

6

足立は、群馬県に戻り、捜査会議に出席した。

「小原勝利について、今までわかったことを、報告します。戦時中に、海軍兵学校を卒業しています。戦時中のため、一年短縮されています。もちろん、これは、全員同じで、二十歳で少尉になり戦争が終わった時は、これも全員が大尉になっています。これは、海軍兵学校の記録が残っていますから、間違いありません。小原も戦争が終わった時、大尉になっていました」

「普通なら、そのあと、帰郷し、結婚して、子どもが生まれ、時には孫が生まれて、九十三歳ということになるんだろう？」

「そうです」

「それが、わからないのか？」

「今のところは、まったくわかりません。戦争が終わり、海軍がなくなり帰宅。二十代ですから、就職し、結婚、家庭ということになるんですが、その平凡な人生が見つからないのです」

「それで、江田島へ行ったのか？」

と、本部長がきく。

「あそこは、海上自衛隊の学校があるし、旧日本海軍の資料もあります。海兵時代、小原と同じ宿舎にいた、田原という男が見つかったので、彼に会って、小原のことを聞きました」

「それで？」

「最初、小原のことは、知らないと、言葉をにごしていましたが、最後は、一年おきに八月十五日に海兵のOB会が、続けられているが、その席で、先輩から、小原は、海兵の歴史に泥を塗るようなことをしたので、彼のことは口にするなと、厳命されたと、私にいいました」

「しかし、戦争が終わって、七十年だろう。それでも旧海軍の人間は、先輩の言葉は絶対なのか？」

「軍人というのは、なかなか、軍人精神から、抜け出せないみたいです。それに、旧海軍は、陸軍に比べて、上意下達が強いんだそうです」

「それでは、田原というOBは、本当のことを、話してくれそうもないか？」

「無理だと思います」

「それでは、どうしたらいい？」

「一つだけ、考えたことがあります。ここまで、彼らは一年おきに海兵のＯＢ会をやっています。年齢から考えて、今年八月十五日のＯＢ会が最後になるだろうといわれ、そのため、十二、三人が、出席するだろうと見ています。それに参加すれば、小原勝利について、何かわかると思っています」

「しかし、参加を拒否されたら、どうするのかね？」

「その恐れは十分にあります」

「その時は、どうするんだ？」

「去年、警視庁と、合同捜査をやりました」

「それなら、私も覚えている」

「その時に、十津川という警部と親しくなりました。時々、電話のやり取りもしています。もし、今年八月十五日の海兵ＯＢ会が、東京で、開かれたら、十津川警部に、調査を頼もうと思っています」

「同じ刑事ということで、拒否されるかも知れないぞ」

「その時には、他の方法を考えます」

と、足立は、いった。

その日のうちに、足立は、十津川に電話をした。

小原勝利のことを話すと、

「その件なら、テレビと新聞のニュースで、知っています。難しい事件になりそうじゃありませんか」

と、十津川は、いった。

「それで、間もなく、八月十五日ですが、海兵OBが、OB会をやるかどうかで、捜査が進展するかが、決まると思うのです。東京で開かれた時は、私はマークされているので、十津川さんに助けてもらいたいんです」

「分かりました。上司と相談して、許可をもらいますが、お手伝いさせていただきます」

十津川は、足立に答えた。

「ありがとうございます。助かります。よろしくお願いします」

足立は礼を述べて、電話を切った。

十津川は、三上刑事部長に、群馬県警からの依頼を、報告した。

「そうか。幸い今は、難しい事件をかかえていない。できるだけ協力してあげてくれ。私からも、あちらの県警本部長に、連絡を入れておく」

と、三上はあっさりと、捜査協力を許可してくれた。それ以上に、積極的に、十津川の背中を押すような雰囲気だった。

十津川には、少し意外な、三上の態度だった。


それから、十日後の八月一日に、今度は、十津川のほうから連絡が、入った。

「例の海兵のOB会は、帝国ホテル別館の『ふよう』という個室で、八月十五日の午前十時から、開かれますよ」

「今年、やるんですね」

「多分、最後になると思うので、ぜひ参加するようにと、OBへの連絡便には、書いてあるそうです」

「十津川さんは、どうやって、この情報を手に入れたんですか？」

と、足立は、きいてみた。

「私の友人の一人が、中央新聞の社会部にいるんですが、こいつが、なぜか、軍事オタクなんですよ。それで、旧陸、海軍の集まりに顔を出したりしているんです。新聞に、その記事を載せたりもしているんで、陸、海軍のOB会なんかに、呼ばれているんです。今回の海兵OB会も、向こうから連絡してきたそうです」

「ぜひ、私も、十津川さんのお友達に、お会いしたいです。名前を教えてくれませんか」

と、足立がいう。

「そのつもりでいました。彼の名前は、田島(たじま)です。東京に来られたら、紹介しますよ」

「八月十五日には、何としても、東京に行きたいので、そちらでの再会を楽しみにしています」

と、足立がいった。

「私もです」

と、いって、十津川が、電話を切った。

第二章　八月十五日

1

八月十五日がやって来た。

日本人の中には、この日をまだ終戦記念日と呼ぶ人がいるが、もちろん、これは正しくない。

正確な終戦記念日は、九月二日である。日本政府の代表が、東京湾に浮かぶアメリカの戦艦ミズーリ号の上で、各国の代表者に対して、降伏文書に、調印した九月二日こそが、本当の意味の終戦記念日、戦争が終わった日である。

そうなると、八月十五日は、正式には何と呼んだらいいのか？

昭和五十七年、当時の鈴木（すずき）内閣が、閣議で八月十五日を「戦没者を追悼（ついとう）し平和を祈（き）

念する日」と決定したので、正式な名称ということになれば、これである。

しかし、これでは、どんな日なのか伝わってこない。だから、いまだに、八月十五日は、終戦記念日だと思っている人が多い。ほとんどの日本人がそう思っているといっていいだろう。

考えてみれば、戦争がいつ始まり、いつ終わったかを、日本だけで決められるものではない。外国との関係があるからだ。

一時、八月十五日を、終戦記念日と呼んだために、中国や韓国との間に外交問題を引き起こしたことがある。

世界各国は、いったい、いつを、終戦の日、すなわち、戦争が終わった日としているのだろうか？

アメリカは、九月二日である。同じく九月二日なのは、ヨーロッパ、ロシア（旧ソ連）。中国、モンゴルでは、九月三日となるが、東南アジアとなると、やや複雑である。

というのは、九月二日になっても、日本軍が、戦争を止めようとしない地区が、あったからである。

東南アジアの国々を見ると、九月三日がフィリピン、九月十二日はタイ、シンガポール、マレーシア、そして九月十三日がビルマである。韓国と北朝鮮は、八月十五日ということになっているが、現在、両国とも、この日を終戦記念日とは呼ばずに、韓国では光復節、北朝鮮では解放記念日としている。

　また、日本全土で、九月二日に、連合国側に降伏したわけではなかった。例えば、沖縄で最後に日本軍が降伏したのは、正確にいえば、九月七日である。

　外国に対しては、九月二日を終戦の日としているが、それに関係するさまざまな法律については、必ずしも、統一されているわけではない。

　例えば、在日韓国人、在日朝鮮人、在日台湾人に対しては、昭和二十年九月二日以前から、日本に在留する者としているが、満州、旧ソ連などから、引き揚げてきた復員者の給付金については、終戦の日を、八月十五日としているのである。

　日本政府は、いかにも、日本らしく、外国に対しては、九月二日を終戦の日とし、国内向けには、八月十五日を終戦の日としている。

　今年の八月十五日も、新聞やテレビは終戦記念日として、特集をやったりしている。

　この日、帝国ホテルのふようの間に集まった海軍兵学校のＯＢは、結局、全部で五名だった。

十津川は、刑事として出向くと、出席を拒否される恐れがあるので、友人で、中央新聞の記者をしている田島に同行してもらい、中央新聞の記者として、出席することができた。

最初は、去年亡くなったＯＢの名前が読み上げられ、彼らの思い出が語られたあと、いつものように、海軍兵学校や、太平洋戦争の思い出話になっていった。

十津川は、聞いていて、気になったことがあった。この日、参加した五人のうち三人が、八十代であり、残りの二人は、それよりもさらに上の、九十代だった。その上、今年は戦後七十年である。それでもなお、集まったＯＢたちの間に、上意下達（じょういかたつ）の精神が、厳然（げんぜん）として生きていることだった。

彼らは、自分よりも上だった人に対しては、今でも、「上官殿に、質問をさせていただきたいのですが」といったような、いい方をするのである。

十五分の休憩のあと、マスコミの質問が許される時間になり、まず、中央新聞の田島が手を挙（あ）げ、十津川の意を受けた質問をした。

「現在中央新聞では、海軍兵学校を卒業した、小原勝利さんについて、どうしているのかと、質問を受けることが多くなりました。それは、小原勝利さんが九十三歳で、何者かに殺されてしまったこともありますし、海軍兵学校ＯＢの名簿を調べてみると、なぜか、小原勝利さんの消息だけ、〈不明〉ということになっているからです。何故(なぜ)、小原勝利さんの消息だけが、〈不明〉になっているのか、その点を、説明していただきたい」

田島の説明に対して、ぶっきらぼうな返事が返ってきた。

「その点については不明だから、〈不明〉となっているのです。それ以上の説明は、できません。小原勝利さんについては、戦後、彼が、どこで、どのような生活を、送っていたのか、それが分からないので、〈不明〉としています。ほかには、理由はありません」

と、司会役の太田(おおた)元海軍大尉が、いった。

「私はずいぶんと、こちらには取材をさせていただきました。皆さん、戦争が終わって、もう七十年も経(た)とうというのに、結束が固い。昔の上官に、敬意を払われるのも、変わりがない。それが海兵の、輝かしい伝統であると、うかがっています」

会議の出席者たちは、押し黙っていた。

田島記者が、続けた。

「ところが、小原さん一人が、蚊帳(かや)の外、といった感じがしています。小原さんはいったい、何をされたのでしょう？　戦後は、まったく連絡がない、とおっしゃいました。一度もなかったのでしょうか？　今回の事件の裏には、なにかが隠されているように思います。自宅が荒らされていることから、単なる物盗りの犯行ではありません。小原さんが、もしかしたら、隠し持っておられたものに、犯人は、関心があったようです。それが海兵、あるいは、旧海軍の中枢にかかわることなら、私は新聞記者として、解明せねばなりません。もちろん、低俗な暴露記事など、書くつもりはありません。守秘義務も、守るつもりでいます」

と、田島はそこで言葉を切り、全員を見渡した。

「そのうえで、もう一度、お聞きします。どういう理由で、小原さんの海軍兵学校の記録には、〈不明〉としか書かれていないのでしょうか？」

田島が、食い下がった。

司会役の太田元大尉は、田島の勢いに押されたのか、黙ってしまった。

今回の集まりで、いちばんの年長者は、戦争中、海軍軍令部第一課長として、海軍の中枢にいた志垣元大佐だった。太田元大尉が黙ってしまったので、志垣元大佐に向かって、田島が、きいた。

「今も申し上げたように、読者から小原勝利さんについての、問い合わせが、かなりの数、来ているのです。もし、お答え願えなければ、私たちとしては、その旨を、新聞に載せざるを得なくなりますが、それでも構いませんか?」

太田元大尉が、志垣元大佐に、何か小声で相談している。そのあと、志垣元大佐が、田島に向かって、

「これは、小原君の名誉のために〈不明〉といっているのであって、ここで事実を話してしまうと、小原君の家族が辛いことになってしまうのだ。それでもいいというのかね?」

「ええ、いいですよ。小原さんの家族の了解は、すでに、とってありますから」

と、田島が、答えたが、これはウソだった。家族の了解は、とっていない。

それでも、相手は、田島の言葉を、疑わなかったのか、

「実は、小原勝利君は、終戦後、占領軍に対して主張すべきことを主張せず、逃亡してしまった。しかし、逃亡したというのは、まずいので、その点を、わざとぼかして〈不明〉といっている。逃亡した事実を、公にすることは、いくら何でも、まずいだろう。そういうことを踏まえての、〈不明〉ということだ」

「逃亡ですか」

「そうだよ。戦後、占領軍が日本にやって来て、重要なポストについていた軍人たちが、占領軍の司令部に呼び出され、さまざまな質問を、浴びせられたのだ。それに対

して、われわれは、今回の戦争について、やましいところは、少しもなかったから、堂々と、主張すべきことを主張した。しかし、小原君は、それをせずに、逃げてしまったのだ。敵前逃亡だよ。彼が逃げてしまったために、多くの将兵が占領軍から尋問された。戦友たちに、それだけの迷惑を、小原君は、かけているんだ。どうだね、これで分かったかね？」

と、志垣元大佐が、いう。

田島が、チラッと、十津川の顔を見た。十津川は、手を挙げて、

「今質問をした田島記者の同僚ですが、私も、一つお聞きします。終戦後、何人もの、元陸海軍の将校が、占領軍の追及を受けたことは知っています。その場合、そんなに、簡単に逃げられるものなんですか？」

「同調者や、共犯者がいれば、逃げるのは簡単だ。第一、終戦直後の、混乱した日本だ。どこに行っても、ホームレスがいたり、復員兵がウロウロしていた。そんな状況だから、逃亡は、意外に簡単なことだ。問題は、小原君には、残念ながらサムライ精神がなかったということだよ。もし、その精神があったのなら、逃げたり、隠れたりはしなかったはずだ」

と、志垣が、いった。

「そもそも、占領軍は、小原さんを呼び出して、いったい、何を、追及するつもりだったんですか？」

「そんなことは、われわれは知らん。占領軍の都合だ」

「しかし、海軍の将校たちの結束は、戦争が終わった後でも、かなり、固かった。それなのに、どうして、小原さんは逃亡したんですか？　もしかして、皆さんが、彼のことを、かばわなかったからではありませんか？」

「いや、そんなことはない」

「例えば、嶋田海軍大将がいらっしゃいます。もちろん、嶋田大将のことは、よくご存じですよね？　開戦の時の海軍大臣ですよ。当然、占領軍から追及を受ける。それも、かなり厳しい追及を受けたと思うのですよ。それなのに、嶋田元海軍大将は、占領軍によって、処刑されたりはせず、戦後もずっと長生きをされた。これはすべて海軍の友人たちや先輩、後輩たちが、嶋田元海軍大将のことを、かばったからではないかと思うのですよ。それなのに、小原さんが占領軍から、呼び出された時、どうして、皆さんは、彼をかばおうとはしなかったんですか？」

志垣は、この十津川の質問に対して、一瞬考えていたが、

「これは、申し訳ないいい方かもしれんが、小原君に、人徳がなかったということ

に、尽きるんじゃないのかね？　たしかに、今、君がいったように、われわれ海兵上がりは、互いに、助け合い、占領軍に対して抵抗した。しかし、誰もがいうのだが、小原君には、人望がなかったんだよ。だから、誰も積極的に、かばおうとしなかった。おそらく、そのことを、小原君自身もよく知っていたから、逃亡したんだと思う。そうとしか思えないな」

「小原さんは終戦の時、どこにいたんですか？」

と、田島が、きいた。

その時、十津川の携帯が鳴った。

十津川は、小声で、田島に断ってから、廊下に出た。

「もしもし」

十津川が出ると、電話の相手は、今日のOB会に来れなくなった、群馬県警捜査一課の足立だった。

「海軍兵学校のOB会は、どんな具合ですか？」

と、きく。

「太田元大尉が、司会をやっているんですが、小原勝利さんの件について聞くと、最初は、不明だといわれ、次には、占領軍に、呼び出されたのだが、突然、逃亡してしまった、その後のことは、何も分からないと、いわれてしまいました」

「やっぱりそうですか」

と、足立が、いう。

「何か、わかりましたか？」

「それ以上、小原勝利について、質問をしても、納得するような答えは返ってこないかもしれません。もう一度、小原さんの同期、田原さんに会いに行きましょう。彼が知っていることを、詳しく話してくれるかもしれません」

と、足立が、いった。

十津川は会場に戻ると、田島に、小声で説明し、これも小声で、

「明日、もう一度、千倉に行き、小原さんの同期、田原さんに会ってみるよ」

と、告げた。

2

十津川は、東京駅で足立と合流し、内房線で千葉県の千倉に向かった。

内房線は、かなり混んでいた。八月中旬だから、おそらく、海水浴に行くのだろ

う。それに、夏休みでもあるから、家族連れが多かった。

駅でタクシーを拾い、田原のいる老人ホームに向かう。

午後になっても暑い。

田原誠は、クーラーの効いたロビーで二人を待っていた。

ここではコーヒーも頼めるので、十津川はアイスコーヒーを注文してから、田原と向かい合った。

「田原さんも、やはり小原さんのことが気になっていらっしゃるのですね？　違いますか？」

十津川が、きくと、田原は、うなずいて、

「たしかに気になっている。何といっても、海兵の同期だからね」

と、いい、

「それで、私に、何を聞きたいんだ？」

「何もかもです。昨日のOB会では、小原さんは占領軍の呼び出しを受けたあと、逃亡したといっていましたが、いったい、どんな理由で、占領軍は小原さんを、呼び出したんでしょうか？」

と、十津川が、きいた。

「なるほど。君が知りたいのは、そのことか」

「終戦の時には、小原さんは、海軍大尉でしょう？　海軍の中枢には、それほど、関係していたとは思えないのに、どうして、占領軍は、小原さんを呼び出したりしたんですか？」

「いや、それは少し違うんだよ」

と、田原が、いった。

「どう違うんですか？」

「あの頃は、戦局も、悪化していて、本土決戦が叫ばれていた。それで、徴兵年齢を一歳引き下げてどんどん兵隊を作ったので、何とか数だけは、間に合ったんだが、いちばん不足していたのは、陸軍も海軍も将校だった。兵隊は、簡単に赤紙一つで、集められるが、若手の将校というのは、学校で、何年も教えなければならないからね。その頃、海軍兵学校も、一年短くなっていた。早成だよ。十九歳で卒業する者もいて、少尉となり、すぐに中尉、大尉と、昇進していった。ところが、せっかく兵学校を卒業しても、肝心の乗る船がないんだ。連合艦隊は、ほとんど壊滅状態だったからね」

「昭和十七年六月の、ミッドウェー海戦で、日本は出撃した航空母艦四隻、すべてを失いましたからね」

「そうだ。そこで、海軍大尉の小原は、九州にあった海軍の捕虜収容所の所長として、赴任することになった。小原が赴任する時、私は見送りに行ったが、彼は、元気がなかったね。何しろ、海軍兵学校に入って、戦いの勉強をしていたんだから、誰だって船に乗って、海戦に参加したいじゃないか。それなのに、捕虜収容所の所長なんだから、私には、彼が落ち込んだのもよくわかったよ」

「しかし、その時、まだ、戦争は終わっていなかったわけでしょう？　占領軍に呼ばれて逃亡したというのが、ちょっとわかりませんが？」

十津川が、きくと、田原が、笑った。

「ああ、大違いだよ。その頃、沖縄はすでに陥落寸前で、次に、アメリカ軍は、九州に上陸してくるだろうと、誰もが、考えていた。Ｂ29の爆撃や、艦載機による攻撃が連日のように続いていた。こちらは、戦闘機もほとんど邀撃しなかったし、高射砲も数が少なかった。それでも、月に何機かのＢ29を、撃墜している」

「Ｂ29を撃墜できたのですか？」

「敵のパイロットにも、技量の足りないやつが、いたんだろう。時には、不時着もあった」

「彼らは、捕虜になったんですね？」

「そうだ。墜落した飛行機に乗っていたアメリカ兵が、今いった、九州の捕虜収容所に連れてこられたんだよ」

「それから、どうなったのですか？」

「あれは、たしか六月の十九日だったかな。Ｂ29の二百数十機の編隊がやってきて、約二時間にわたって、福岡市街に、爆弾や焼夷弾を落としたんだ。千人以上が死亡、または行方不明だった。市街地の三分の一が焼け野原になった。ところが、Ｂ29の一機が不時着して、アメリカ兵八人が捕まり、捕虜収容所に入れられた」

「よく無事に、捕虜収容所に入れましたね。聞くところによると、激昂した住民に、竹槍で刺し殺されたアメリカ兵もいたと、いいますが」

「運がよかったのかどうか。ともかく、無事に、捕虜収容所には、たどりついた。しかし、時代が時代だ。沖縄が陥落すれば、アメリカ軍は、次には、九州に上陸するだろうと、誰もが考えていた。だから、九州中の住民が、殺気だっていたんだ」

集団パニック状態だったのは、想像できた。恐怖の裏返しは、凶暴さにつながっていく。

「捕虜収容所のある地区の住民が、押し寄せてきた。Ｂ29に乗ったアメリカ兵を、ただちに処刑しろと、要求したんだ。さすがに、その場での処刑はできなかった。それで裁判が開かれ、その八人は処刑された。それが七月の十日。終戦まで、たったの一カ月余りのことだった」

「その時の捕虜収容所の所長が、小原さんだったというわけですね？」

「そうだ。小原の前は、海軍大佐が所長をしていた。その大佐が急遽、沖縄戦線に、召集されて、戦死してしまった。そこで、当時、大尉だった小原が新しい所長になったんだ」

「処刑は七月の十日なんですか？」

「戦争が終わって、アメリカ軍が九州に上陸してきて、捕虜収容所にやって来た。君は、ポツダム宣言を知っているだろう？」

と、田原が、きいた。

「知ってはいますが、詳しいことは分かりません。ポツダム宣言というのは、たしか日本に対して、無条件降伏を要求して、それを受けて、日本は連合国に降伏したんでしょう？」

「問題は、その第十条だ。そこには、こう書かれている」

〈吾等の俘虜（ふりよ）を虐待（ぎやくたい）せる者を含む一切の戦争犯罪人に対しては厳重なる処罰を加へらるべし〉

「その上、アメリカ軍は、どこで情報をつかんだのかは知らないが、福岡の捕虜収容所で、何人もの、アメリカ兵が処刑されたことを、知っていた。だから、収容所に、乗り込んでくるなり、所長の小原大尉を含め、アメリカ兵の処刑に関係した十数人が、逮捕された。そして、ただちに、捕虜虐待に関する裁判が始まった」

「有罪だったんですか？」

「所長の小原が、有罪の判決を受けた。その直後、厳重なアメリカ側の警備の目を盗んで、小原所長が、逃亡してしまったんだ」

3

「小原さんが、アメリカ軍の追及をのがれて、逃亡したということは、志垣元大佐から、お聞きしました。アメリカ軍の追及に対して、堂々と反論することなく、小原さんは失踪してしまった、敵前逃亡だった。そういうお話でした。ところが、今のお話では、小原さんは、裁判が開かれて、有罪が確定したのちに、逃亡したということになります」

「私は、そう聞いている」

「それだと、話は違ってきます。つまりアメリカ軍の訊問中に失踪したのか？　それとも、有罪判決が下されたあとに、逃亡したのか？　ということです。もし判決後に逃亡したのだとしたら、疑問が生じます」

と、十津川がいった。

志垣元大将の話と、今、田原から聞かされている内容では、事情が違ってくる。

「どういった疑問だね？」

田原が、聞き返した。

「田原さんのおっしゃるほうが、事実だとしたら、小原さんは、その裁判の中で、なんらかの、陳述をしておられるはずです。Ｂ29の爆撃は、無差別殺戮（さつりく）でした。兵隊も、一般市民も、女子供も区別することなく、殺傷しました。当時の国際法に照らしても、明らかに違法であり、重大な犯罪です。そのことで、小原さんが、反論しなかったはずがありません」

「たしかに、そうかもしれないな」

「B29のアメリカ兵八人の処刑は、国際法にのっとって、厳正に審理された結果だと、それこそ堂々と、主張すればいいのです。だとすると、志垣元大佐がいわれるような、敵前逃亡ではなくなります。そうですよね？」

十津川が、田原に同意を求めるように、聞いた。

「その点については、たぶんそうだろう」

田原が、答えた。

「もう一つの疑問です。小原さんが有罪判決を受けたのなら、自動的に収容されたはずです。その収容所から、どうやって逃亡できたのでしょう？」

「私はその頃、横須賀にいたから、どうやって彼が、逃亡したのかは、分からなかった。しかし、アメリカ軍は、激昂して、小原勝利を逃亡させた容疑で、彼の部下三人が逮捕されて、その三人は、有罪の判決を受けたんだ」

「どんな判決だったんですか？」

「禁固五年だ。三人とも五年間、刑務所に服役した」

「小原さんは、その時、どんな、判決を受けたんですか？」

「死刑だよ。アメリカ兵八人を処刑した時、彼は、捕虜収容所の所長だったんだ。アメリカ側は当然のように、有罪判決、それも、死刑を宣告した。ところが、逃げてしまった」

「そのために小原勝利の逃亡を助けたとして、三人の日本人が逮捕されて、五年間、刑務所に入っていた。つまり、そういうわけですか？」

「そうだ。だから、海軍兵学校のＯＢたち、特に、小原勝利の上官たちは、彼の行動が許せなくて、彼の消息を、〈不明〉にしてしまったり、海軍兵学校の歴史に、泥を塗ったみたいないい方をしているんだ」

と、田原が、いった。

4

十津川はきき終わって、一瞬言葉を失った。

十津川は、庭に出た。

外は、夕日でも、相変わらず強烈な太陽の光である。暑さが容赦(ようしゃ)なく襲いかかってくる。

それでも、クーラーの効いたロビーで田原と向かい合うことが、十津川には、苦痛だったのだ。

これまで十津川は、小原勝利という九十三歳の海軍兵学校出の軍人に好感を持っていた。上信電鉄の小さな無人駅、そこで、誰にいわれたわけでもなく、六年間以上、黙々と駅の掃除をして花を飾り、「千平のおじさん」と呼ばれて親しまれてきた、その九十三歳の老人には、どんな辛い過去があったのだろうかと、同情の目で見、考えていたのである。

それなのに、まったく同情のしようがない事実を知ってしまった。

彼が海軍兵学校を卒業し、福岡県にあった捕虜収容所の所長になったのは、偶然だろう。

しかし、占領軍に、逮捕され、有罪判決を受けたからといって、逃亡して、どうなるのだろうか？

彼の逃亡を助けたとして、三人の日本人が、逮捕され、五年間の刑務所暮らしをした。小原は、そうなることを想像できなかったのだろうか？

もし、想像できなかったのだとすれば、小原は、想像力の不足した人間といわざるを、得なくなる。

十津川は、携帯を、東京の警視庁捜査一課にいる亀井(かめい)刑事にかけ、今、田原から聞いた話を、簡単に伝えてから、

「これから私は福岡に行く。そちらで、会いたい」

と、伝えた。

その日のうちに、ＪＲ博多駅で、亀井刑事と落ち合った。

すでに、夜遅くなっていたので、二人は、駅近くのビジネスホテルに一泊することにした。

遅めの夕食を取った後、

「今日は少し、酔っぱらいたい気持ちでね」

と、十津川が、いうと、亀井が、

「どうしたんですか？　お酒を飲まない警部にしては珍しいですね。よかったらお付き合いしますよ」

二人は部屋に入り、ルームサービスでビールと握り寿司を注文し、飲み始めた。

酒の力を借りるようにして、十津川は、亀井に、改めて、今日分かったことを話した。

5

翌日、二人は県庁に行き、戦争中、捕虜収容所のあった場所を、教えてもらうことにした。

生活課の小林(こばやし)という課長が、対応してくれた。

「現在は、捕虜収容所の跡に、県営住宅が建っています。ですから、今はそこに行っても、捕虜収容所時代の面影(おもかげ)は、何も残っていませんよ」

と、いいながら、小林課長は、捕虜収容所の写真を、何枚も持ってきて、見せてくれた。

高い塀(へい)をめぐらせて、一見すると、刑務所のような建物だった。

「いちばん多い時には、三百人近くの捕虜が収容されていました。主としてアメリカ兵でした」

と、小林課長が、いった。

捕虜たちを写した写真もあった。いずれも痩(や)せ細っている。

「私は、戦後生まれですから、捕虜収容所のことは、よく知りませんが、聞いたところでは、収容された捕虜は、痩せ細っていたので、アメリカ軍は日本兵が虐待したせいだといって激怒したそうですが、当時は、日本人だって、食べるものがなくて、痩せていたのです。何も虐待をしたというわけではなかったといわれています」

「この収容所で、アメリカ人の捕虜八人が処刑されたと聞いたのですが」

十津川が、いうと、小林課長は、うなずいて、

「たしかに、そういうこともあったと聞いています」

その八人のアメリカ兵の写真も見せてくれた。

「こんな貴重な写真が、よく、今まで残っていましたね」

十津川は、感心した。

「戦争に負けて、アメリカ兵が、やって来て、捕虜収容所を、接収したんです。アメリカ兵たちは、B29の乗員八人全員が処刑されたと知っていて、進駐してくるとすぐ、収容所の所長や所員を一斉に、逮捕しました。そして、その後、裁判に、なったと聞きました」

「どこで裁判をしたんですか？」

「何でも、市内の公会堂を改造して臨時の裁判所を作り、そこでアメリカ軍の指導で、捕虜虐待に関する裁判が開かれて、一カ月後に結審し、その結果、所長の小原大

尉は、死刑の宣告を受けました」

「有罪になった小原所長は、判決を受けた後、逃亡したと聞いたのですが、それも、本当ですか？」

と、亀井が、きいた。

「ええ、本当です。所長さんは、アメリカ兵の処刑を、命令したので、最初から有罪になることは分かっていたそうです。それでも、死刑の判決を受けた、その夜に脱走したそうです。その日一日、アメリカ兵がジープで、市内を走り回って、所長さんを捜したが、見つからなかった。この話は、こちらでは有名です」

と、小林課長が、いう。

「所長さんの逃亡を助けた人が、いたそうですね？」

十津川が、きいた。

「これも、また聞きですが、小原所長という人は優しい人で、若い大尉でしたが、収容所の職員たちから慕われていたそうです。ですから、みんなで、小原所長の脱走を、助けたのではないかと思いますね」

十津川は、頭の中が混乱してきた。昨日、千倉の老人ホームで、田原から聞いた話と、ここでもまた、微妙な違いがあった。

田原の話では、小原は逃亡を助けてくれた三人の部下を、置き去りにした、ということだった。だから十津川は、小原のことを、冷血漢のようにも思ったのだ。

ところが、小林課長の話では、死刑判決を受けた小原が、みすみす処刑されるのを見過ごせずに、三人の部下は、逃亡を助けた、というのだ。

「小原さんの逃亡を助けた罪で、三人の方が、禁固五年の有罪になったと、聞いていますが」

と、十津川がいった。

「ええ。所長の脱走を、助けたということで、三人の所員が逮捕され、有罪判決を受けて、三人とも五年間、刑務所に入っていたと、聞いています。こちらの写真が、その三人の、当時のものです」

といって、小林課長は、アメリカ兵捕虜の写真とは別の封筒から、三枚の写真を取り出した。

三人とも若い兵士である。一人が二十一歳で、あとの二人が二十二歳だったという。多分、三人とも、結婚前だろう。

「この三人は、有罪判決を受けて、その後、どこに、収容されたんですか？」

と、十津川が、きいた。

「こちらの収容所が間もなく閉鎖されたので、三人ともフィリピンのマニラに送られて、そこの刑務所で、五年間を過ごしたと聞きました」

と、小林課長が答える。

「五年間の刑期を終えた後は、どうなったんですか？」

「三人とも、九州の人間でしたから、刑期を終えると、マニラから帰ってきましたよ。福岡が郷里だった二人は、ここで結婚して子供が生まれ、今もその子供たちが、福岡市内で生きています。残りの一人は、長崎(ながさき)の生まれなので、長崎に、帰ったそうですが、その先のことは、亡くなったということしか、分かりません」

「脱走した小原所長は、その後、見つかったんですか？」

「いや、小原さんが、見つかったという話は、聞いていません。連合軍が日本を占領している間は、出てくれば、捕まって、処刑されてしまいますから、おそらく、必死になって、あちこち逃げ回っていたんじゃありませんか？　人望のある人だったから、知り合いの人たちみんなが、所長さんのことを、匿(かくま)ったんじゃありませんかね？　私の父なんかは、福岡を離れて、大阪か、東京へ逃げたんじゃないか、向こうで、偽名を使って、働いていたんじゃないか、そんなことを、いっていましたね」

「日本の捕虜収容所に収容され、その後処刑されてしまった八人のアメリカ兵の写真があったり、戦後、所長を助けようとして捕まった三人の写真が、こうして、残っているのは、どうしてですかね？　アメリカ兵八人の写真なんかは、当然、占領軍が、没収してしまうと思っていたんですが、どうして、こちらに、あるんでしょうか？」

と、十津川が、きいた。

「占領軍がいた頃は、この話は、日本人の間では禁句になっていました。有罪判決を受けた所長が逃亡したり、逃亡を助けた三人の所員が刑務所に放り込まれたり、そんな話は、するほうにも聞くほうにも、あまり、楽しい話じゃありませんからね。最近になって、この事件を、記録に留めておこうという人が、現れたんです」

「その方は、日本の方ですか？　それともアメリカ人？」

と、十津川が聞いた。

「日本人です。その人は、アメリカとの貿易で、成功した人で、アメリカにも、友人がいる。それに、この話は、日本にとってもアメリカにとっても、悲劇ではあるが、きちんと、記録しておく必要があるといって、アメリカに行き、処刑された八人のアメリカ兵の家族に会ったりして、こうした写真も、集めることに成功したんです。将来刊行される郷土史の資料にといって、複製したものを、寄贈してくださったんです」

と、小林課長が、いった。

「その人に、ぜひ、お会いしたいですね」

十津川が、いうと、小林は、すぐその相手に電話をしてくれた。

6

市内に本社があり、アメリカにも出張所があるという、農産物の輸入会社の社長だった。

三十九歳という若い社長である。

湯浅(ゆあさ)というその社長に、十津川と亀井は、会いに行くことにした。

JRの駅前にあるビルが、その会社の、本社だった。

十津川たちは、その十階にある社長室で、湯浅社長に、会った。

「とにかく、この事件は日本にとっても、アメリカにとっても、大変、不幸な出来事ですから、できることなら、忘れてしまいたいと、どちらも、思っていたでしょう。しかし、私は、逆に、不幸な出来事だからこそ、将来にわたって、きちんと、記録に残して、後世に、伝えていくべきだと思ったんです」

と、湯浅社長が、いった。

「どうして、湯浅さんは、この事件に、興味を持たれたんですか？」

「実は、私の祖父が、フィリピン戦線で戦死してましてね。戦争は、もともと、嫌だったんです。それで、こちらに、捕虜収容所があって、アメリカ兵やイギリス兵を、収容していたと知りもしませんでした。九州は戦争末期、毎日のように、アメリカのB29や、艦載機の空襲を、受けていました。そのために、亡くなった人も、多いんです。撃墜されたB29の乗員がパラシュートで降りてきたところを、一般市民が、殺してしまったなんて話もありましてね。耳をふさいで、聞こうとしなかったんです」

「一般市民が、竹槍で刺し殺したという話は、聞いたことがあります」

「私も大学を出て、父から独立し、自分の会社を作り、日本とアメリカの間を行ったり来たりしているうちに、戦争というものに、関心を持つようになりましてね。それで、本を読んで、自分なりに調べていたら、自分の生まれ故郷に、捕虜収容所があったことを、知ったんです。その収容所の中で、アメリカの捕虜が処刑されたり、戦後には、逆に日本人の所長が、裁判にかけられて、死刑の宣告を受けたり、その後、逃亡してしまったりと、さまざまな話を知るようになりました。その時に、こういうものは、きちんと、まとめて取っておかなくてはいけない。そう思うようになって、資料を集めたり、写真を、手に入れたりしてから、県庁に差し上げました」

「県庁では、処刑された、八人のアメリカ兵の写真があって、見せてもらいました。あの写真を、湯浅さんは、どうやって、手に入れたんですか？　ああいうものは、占領軍が、持ち去ったと、思っていたんですが」

「仕事でアメリカに行くようになってから、処刑されたアメリカ兵の遺族を、捜し出して、日本人としておわびしてから、お願いしたんです。もちろん最初は、処刑された自分の息子やあるいは弟の写真を、日本人なんかに渡すものかと、けんもホロロでしたよ。それでも、私が一生懸命、彼らを、説得したんです。戦争なんかやるものじゃない。その自戒のためにも、残しておくべきだと、何回も、口説（くど）いたんですよ。それで、やっと向こうの遺族も納得してくれましてね」

「なるほど」

「どうです、みんな、若いでしょう？　悲しいですよね。アメリカ兵も、日本兵も、みんな若くして、死んでしまっている。老人たちが戦争を始めて、死ぬのは、若者なんです。絶対に戦争なんかやってはいけません」

　と、湯浅社長が、いう。

「戦後、占領軍から、有罪判決を受けたが、処刑される前に、逃げた捕虜収容所の所長さんが、いました。小原勝利さんという人なんですが、その人が、群馬県の、小さな駅で殺されましてね。私たちは今、その事件を、追っているんです」

十津川が、いうと、湯浅は、うなずいて、

「あれは、やはり、小原所長さんだったんですか？」

「そうです。田舎（いなか）の小さな無人駅の、清掃をしたり、ホームを花で、飾ったりしていたんです。そういう人を、いったい誰が、どういう理由で、殺したのか、動機が分からなかったんです。調べているうちに、こちらにあった捕虜収容所のことを、聞いたんです。ところが、小原さんは、捕虜収容所の所長として、アメリカ兵の捕虜を処刑したり、判決を受けた後、逃亡したりと、そんな暗い話しか聞けませんでした。しかし、こちらで話を聞くと、人望があって、優しい人だった。だから、彼の逃亡を、助ける人がいたということで、これは意外でした」

と、十津川は、いった。

「そのことについては、誰もが最初は野蛮（やばん）で恐ろしい軍人を想像しますよ。私だってそうでした。捕虜を処刑したりして、自分が捕まると逃亡してしまったんですからね。あまりいい、印象は持っていませんでした。しかし、資料を集めたり、小原所長を知っている人に話を聞いたりしているうちに、印象が変わってきました。二十三歳の若さで頭が切れて、その上、優しい人格者だった、という声が、あちこちから、聞こえてきたんです」

「アメリカに行かれて、処刑された八人のアメリカ兵の、肉親にも会われたわけでしょう？　向こうの家族の反応は、どうでしたか？」

十津川が、きいた。

「何しろ、肉親を殺されたんですからね。おそらく今でも、所長のことを憎んでいるだろうと思っていました。ところが、話を聞いていると違っていました。八人の家族は、あまり所長のことを、恨んでいなかったんですよ」

「それはどうしてですか？」

「あの処刑された八人のアメリカ兵は、みんな、若いでしょう？　だから、何とかして、自分たちが、日本で、無事でいることをアメリカの家族に、知らせたかった。そうしたら、小原所長が、日本で、手紙を書けば、何とかしてアメリカに、届けるようにしてやると、八人に、約束した。そこで、喜んで、八人は、アメリカの家族に、手紙を書いたというのです」

「しかし、戦争中のアメリカに、日本から、そんな手紙を、届けることは、できなかったでしょう？」

「それがですね、まず、日本の海軍では、戦争になってからも英語を教えていましたから、所長さんも、英語ができたんです。それから、当時、中立国のスイスには、海軍の将校が、駐在武官として行っていました。たった一回だけですが、そのスイスにいる駐在武官に、アメリカ兵の、手紙を託すチャンスがあって、それで小原所長は、八人の手紙を、頼んだんです。その海軍将校はスイスに行ってから、アメリカに送りました。アメリカの家族が、奇跡的に、八人の息子や、弟の手紙を、受け取ることができたわけです。それで、所長のことを恨むどころか、逆に、感謝していたのです。それなのに、こんな優しい所長さんが、なぜアメリカ兵を処刑したのか、それが不思議で仕方がないと、私は、アメリカに行って、いわれました。私も不思議で仕方がありませんけどね、でも、所長が、八人を処刑したことは間違いないことなんです」

「八人のアメリカ人を処刑した時に、正式に裁判をしたうえで、小原所長が死刑の判決を下したのかどうかということですが、その点は、どうなんですか？」

と、十津川が、きいた。

「もちろん、裁判は行われています。現在の裁判のような、きちんとしたものだったかどうかはわかりませんが、裁判のようなものが行われ、小原所長が、八人のアメリカ人に対して、死刑の判決を下しています」

と、湯浅が、答えた。

第三章　逃亡者の謎

1

十津川は、少しずつ捜査の範囲が広がっていくだろうと予想した。

それは、彼の長年の、刑事生活で培われた勘のようなものだった。その予想に従って、十津川は、小原勝利という、九十三歳の老人が殺された事件を調べるために、老人の過去をさかのぼっていった。

しかし、今回、十津川は、いつもとは、逆に、小原勝利が、戦時中、福岡県にあった捕虜収容所の所長をしていた時から、反対に、現在に向かって、さかのぼってみようと考えた。そのほうが、事件解決の糸口が、つかめそうな、そんな予感があったのだ。

しかし、この作業は、とにかく、急いでやる必要があった。何しろ、戦時中、小原勝利の周辺にいた、海軍の軍人たちは、いずれも、九十歳を超えていたからである。ほとんどの人間が、いつ亡くなってしまうか分からなかった。だから、この捜査は、時間との戦いでもあった。

昭和十六年（一九四一）、小原勝利は、海軍兵学校を、優秀な成績で卒業した。

このあと、小原たちは、それぞれ任地に赴いた。

昭和二十年、小原たちが、乗るべき軍艦はアメリカ軍の攻撃によって、ほとんど、沈められていた。

航空機は、あることはあったが、近づく本土決戦に備えて温存されていて、小原勝利たちが、乗ることは、できなかった。

乗るべき軍艦も、搭乗すべき飛行機もないという、厳しい状況の中、小原勝利は、捕虜収容所の所長を命じられ、赴任した。

その時、小原は、二十三歳になったばかりの若い海軍大尉だった。その若さで、捕虜収容所の所長となったことが、小原勝利という人間の運命を変えたのかもしれないと、十津川は予想した。

捕虜収容所の収容人員は、五百人だった。そこには、日本がまだ、優勢だった頃に、フィリピンやマレー半島、インドネシアなどで、日本軍の捕虜になったアメリカ兵、イギリス兵、オランダ兵などが収容されていた。

その中には、Ｂ29の乗員たちも含まれていた。

福岡が空襲を受けた時、市街地の三分の一が、焼け野原になった。絨毯爆撃だったため、市民に多くの犠牲者が出た。

そんな時、一機のＢ29が、福岡市郊外の河川敷に不時着し、大破、炎上した。その直前に、パラシュートで脱出したアメリカ兵がいた。

現場には、手に手に、天秤棒や竹槍、中には日本刀を持った住民たちが、殺到してきた。

アメリカ兵は、集団暴行を受けはしたが、生命を落とした者はいなかった。

アメリカ兵八人が、捕虜収容所に入れられると、そこにも、空襲で被災した住民たちが、処刑を要求して、押しかけてきた。

その場での処刑は、なんとか防げたが、戦意発揚もあったのだろう、軍の上層部から、速やかに裁判にかけるようにとの、命令が下った。そこで昭和二十年七月八日に、収容所長の小原勝利を裁判長とする、裁判が開かれた。

軍事法廷である。

しかも二日後の七月十日には八人のアメリカ兵たちに、死刑の判決が下され、ただちに執行された。

処刑の命令を下したのは、所長の小原勝利であり、実際にそれを、実行したのは、収容所の若い所員三人で、いずれも下士官クラスだった。

ところが、一カ月後の八月十五日に、日本は、連合国に対して降伏したのである。すると、八月末には、マッカーサー元帥が率いるアメリカ軍が進駐してきた。九州にも、アメリカ海兵隊が入ってきた。彼らは、福岡で、八人のアメリカ兵が処刑されたことを、よく知っていた。

アメリカ海兵隊は、福岡に進駐してくると同時に、捕虜収容所を閉鎖し、所長の小原勝利をはじめ、副所長、所員たちをすべて、逮捕してしまった。

焼け残った公会堂を臨時の裁判所にして、アメリカ兵の捕虜八人を処刑した罪によって、所長の小原、それから、処刑を実行した所員で、下士官の三人全員が起訴され、裁判が行われた。

昭和二十年、日本は、ポツダム宣言を、受諾して、長かった戦争が終わった。

ポツダム宣言の第十条には、日本軍の捕虜になった、アメリカ兵やイギリス兵たちに対する、日本兵の虐待は、絶対に、許すことができないと、書かれているのだ。その条項を含めて、ポツダム宣言を、受諾したのだから、捕虜の虐待の疑いが、少しでもあれば、連合国は、絶対に許さないことは、分かっていた。

そのため、たちまちのうちに戦犯容疑で何十人、いや、何百人もの日本人が逮捕され、その後、極東裁判で裁かれることになったが、開かれた裁判は、連合国の日本に対する、ある意味、復讐だった。

ポツダム宣言には、その復讐について、躊躇しないと書いてあるのだ。

少しでも、捕虜虐待の証拠があれば、関与した人間には、有罪の判決が下された。

十津川は、湯浅社長の話を、思い出していた。


「小原所長が有罪となり、死刑判決が下されました。三人の部下には、小原所長の逃亡を助けたということで、五年の禁固刑がいいわたされていますが……」

十津川が、聞いた。

「五年の禁固刑というのは、逃亡幇助罪によってです。捕虜虐待を裁いた裁判とは、別のことです。アメリカ兵処刑についての裁判では、三人の下士官は、無罪になっています」

「えっ？　逃亡を助けた、三人の部下というのは、アメリカ兵処刑の罪でも、裁判にかけられていたのですね？　それが、無罪ですか？」

十津川と亀井は、顔を見合わせた。

当時の状況や、連合国軍が開いた、他の同じような裁判から考えて、三人の下士官の無罪は、ありえない。

「そこなんです。小原所長の逃亡の伏線となったのは、三人の下士官が無罪になったことなんです」

「というと？」

「誰だって、三人の下士官が有罪になり、死刑か、それに近い判決になったと思うでしょう？　でも、そうはならなかった。その理由は、小原所長が、徹底的に、三人を弁護したからです」

「どういって、弁護したのでしょう？」

と、亀井が聞いた。亀井の表情にも、驚きが隠せない。

「日本の軍制から説明し、海軍では、上官の命令は絶対であり、部下はいっさいの反抗が許されず、もし命令を拒否した場合は、軍事裁判にかけられるのだと、陳述しています。そして、小原所長は、処刑の命令を出したのは自分であり、三人の下士官には、絶対服従の道しかなかったのだと、主張したんです。罪は、自分が負っているのであり、部下には罪がないことを、強調しました」
「その主張を、連合国軍側が、認めたということですか？」
「復讐のための裁判だったとはいえ、向こうにも良識のある人物が、いたのでしょう」
「三人の下士官への無罪判決が、小原所長逃亡の伏線になったと、おっしゃいましたね？」
「もともと、小原所長は、人柄も良く、部下たちの評判も、良かったようです。アメリカ兵処刑の責任を負って、部下たちを助けたのですから、今度は、三人の部下が、罪を覚悟で、小原所長を逃亡させたのです」

昭和二十年十月二十七日、死刑判決を受けた夜、厳重な警戒を敷いていたアメリカ軍の拘置所から、小原勝利が脱走した。

もちろん、小原一人の力では、脱走は、無理だった。小原の下で働いていた三人の下士官が、小原の脱走を助けたという疑いをかけられ、再び、逮捕された。

三人は、沈黙を続けたが、逃亡を助けた罪で起訴され、マニラの刑務所に、送られ、五年間、囚人としての生活を余儀なくされた。

当時の日本の新聞やラジオなどの報道によれば、逃亡した小原勝利は、アメリカ人からだけでなく、日本人からも卑怯者といわれた。また、サムライ精神を失った人間として、アメリカの新聞でも非難された。

特に、日本の新聞は、逃亡を助けたとして、マニラの刑務所に、送られた三人の下士官たちを助けるためにも、小原勝利は、ただちに名乗り出るべきだと書いた。

日本でもアメリカでも、小原勝利の逃亡を是認する人は、ほとんどいなかったといっても、いいだろう。

そのせいか、事態は悪い方向に動いていった。マニラの刑務所に送られた三人の所員には、それぞれ、父親や母親、幼い兄弟たちがいた。彼らの生活を、支えていた若い三人が、刑務所に送られたので、三つの家族は、貧困に、襲われた。その挙句、三人の家庭の中には、とうとう自殺をする者が出るという事態になった。

こうなると、行方のわからない小原勝利に対する批判は、ますます強くなってきて、「侍の子孫らしく堂々と行動せよ」とか、「お前のために、三人の家庭から自殺者が出た。その責任を取れ」という声も聞こえてきた。

その頃、小原勝利の兄弟は、東京に住んでいたのだが、その家にも「卑怯者。恥を知れ」とか「侍らしく行動しろ」などと書かれた紙が、玄関に何枚も貼られ、昼夜を問わず、石が、投げ込まれたりもした。

小原勝利の兄弟たちは、いたたまれなくなり、東京から郷里の福島へ帰っていった。マスコミは、そこにも押しかけて、小原勝利を、捜そうとしたが、見つからなかった。小原勝利が、いったい、どこに消えたのか、しばらくの間は、行方は、わからずに過ぎていった。

小原が、自殺したという噂まで流れた。

2

マニラの刑務所に服役した三人の下士官の消息も、時々新聞に、小さく載った。

戦時中、フィリピンは、日本軍とアメリカ軍の戦場となり、その巻きぞえになって、何万人、あるいは、何十万人というフィリピン人が死んだ。

刑務所内で、日本人三人に対する暴行が何回か行われたことも、報道された。その一方連合国によって、BC級の戦犯と見なされた元兵士や軍属などが、次々に、逮捕された時、彼らは、同情され、あるいは、彼らの逮捕は、間違っていると叫ぶ人もいた。

しかし、失踪し、行方のわからない小原勝利については、その行動を是認するような言葉は、まったくといっていいほど、聞こえてこなかった。

小原家は、先祖代々、軍人を輩出していた。それも、陸軍の軍人である。

小原勝利の父も、祖父も軍人だった。二人とも、優秀な成績で士官学校を卒業しているが、その後、なぜか二人とも陸大には、進まなかった。

小原家に家訓のようなものがあったわけではないが、これには、小原家の家系と、日本陸軍の事情が大きく関わっていた。

もともと小原家は、会津藩の侍の出身である。代々、会津藩士としての、誇りを持っていた家だ。

戊辰戦争の時に、会津藩が賊軍と、なってしまったため、藩士たちは、郷里の会津を追われて、東北の荒野や北海道に住むことになった。

一方、日本陸軍の上層部は、長い間、長州によって独占されてきた。日本の軍隊は「海は薩摩、陸は長州」といわれていたのである。

長州の人間は、士官学校から、陸軍大学校に進み、優秀な成績を収めれば、大本営陸軍部、参謀本部で働くことになる。参謀本部も長いこと、長州勢が、独占していたし、陸軍大臣と参謀総長という陸軍の要職も、長い間、長州が、独占していた。

十津川が読んだ『陸軍の派閥』という本には、士官学校を受験した青年の話が紹介されている。

この受験生が、問題を解くことができず、やけになって、答案用紙に「長州生まれ」と書いておいたところ、それだけで、合格してしまったというのである。

つまり、それだけ陸軍は、長州人が独占していたということを、このエピソードは物語っていた。

こうした派閥のことを考えると、会津藩士だった小原家の人たちが、優秀な成績で、士官学校を卒業しながら陸軍大学校に、行こうとしなかった理由も推測できる。

仮に、陸大を、優秀な成績で卒業しても、長州閥が、大きな力を、占めている陸軍では、参謀本部に行くことはまず無理と、考えたのだろう。

父親の勝之(かつゆき)、祖父の勝之進(かつのしん)、の二人とも、陸軍士官学校を出ているが、陸大には進んでいない。

小原勝利も、祖父や父に倣(なら)って、陸軍士官学校を、受験しようとしたが、父の勝之に止(と)められた。

「今の日本陸軍には、長州出身でなければ、人にあらずといった空気が、流れているから、お前が陸軍に進んでも、私と同じように、派閥に苦しめられるだけだ。だから、陸軍ではなく、海軍に行け」

その父の言葉にしたがって、彼は、海軍兵学校を、受験したのである。

小原勝利が、敗戦直前、福岡の捕虜収容所の所長になった時、父の勝之は、連隊長として、本土決戦に備えて、東北の防備を、受け持たされていた。

戦後、小原勝利が、戦争末期の捕虜収容所における、アメリカ兵八人に対する処刑の責任を、取らされて、有罪の判決を受けた時、父の勝之は、復員して郷里の会津に帰っていたが、仕事がなく、さまざまな、伝手を求めて、高崎に移り住んでいた。

当時、富岡製糸場は、民間の手に移って操業されていた。父の勝之は、そこで、労務担当の職につくことができた。

高崎に引っ越し、富岡製糸場で働くことになった勝之が、いちばん願っていたことは、息子の勝利が、復員して、自分のところに帰ってくることだったに違いない。

ところが、小原勝利は、ＢＣ級戦犯として、有罪の判決を受けてしまった。

その時、小原勝利の父、勝之のことがほとんど、話題にならなかったのは、小原勝利が陸軍でなく、海軍にいたこともあったが、勝利が自分のことで父や母に迷惑がかかることを恐れて、両親のことを、まったく、喋らなかったからだろう。

もし、小原勝利が、逃亡することなく、ＢＣ級戦犯として、処刑されてしまっていたら、両親は、そのまま高崎に住み、富岡製糸場で、ずっと、労務担当として、働いていたかもしれない。

しかし、小原勝利が、逃亡してしまったことによって、事態は、大きく変わってしまった。

3

十津川は、ここまで調べてから、その間に感じた大きな疑問を、三上刑事部長に、ぶつけた。

「現在、群馬県警が、捜査中の殺人事件について、刑事部長のご指示を受けて、捜査していますが、この捜査は、単なる、群馬県警への協力だけなんでしょうか?」

と、十津川が、きいた。

「もちろん、そうだ。向こうからわれわれのほうに協力要請が来た。それで、君に頼んでいる」

と、三上が、答える。

「部長、お言葉を、返すようですが、本当に、それだけですか?」

と、十津川が、さらにきいた。

「それだけだ。なぜだ？」

「これまでの捜査を考えると、単に群馬県警に協力するだけではなくて、群馬県警と、合同捜査のような、気がしています。それに、私や亀井刑事が、今回の事件に、いくら時間を割いても、刑事部長は、まったく、文句をいわれません。私には、どうもそれが気になって仕方がありません。今後のこともありますので、正直に、話していただけませんか？　なぜ、群馬の事件に、深入りしているのですか？」

今度は、三上が、すぐには、返事をしなかった。何か考えている様子だったが、すぐに決心したかのような、顔になって、

「分かった。君が、そこまでいうのなら、話そう。ただし、これから、私が話すことは、絶対に、人に話してはいかん。しばらくは内密に、しておいてもらいたい。それが、約束できるなら話す」

と、いった。

「分かりました。他言はいたしません。お約束します」

と、十津川が、答える。

「実は、うちの戸田副総監のお父上は、戸田栄太郎さんとおっしゃる方でね。太平洋戦争の時に、海軍の上層部、軍令部の第二課で、課長をされていたんだ」

十津川には、初耳だった。しかし、海軍軍令部という言葉で、海軍軍人だった小原勝利のことが、思い出された。

「副総監のお父さまなら、ご存命だと、けっこうなお歳ですね？」

「いや、すでに亡くなっている。ずっと以前だ」

それなら、小原の事件とは、直接の関わりはなさそうだと、十津川は思った。

「現在、君に調べてもらっている群馬県の事件だがね、実は、上信電鉄の無人駅で死んでいた小原勝利は、この戸田栄太郎さんと戦争中、関係があったんだ」

「どのような？」

「戦争末期に、福岡で、アメリカ兵の捕虜八人が、処刑された件にだ。当時、戸田栄太郎さんは、軍令部の課長だから、小原にとっては、上官にあたった。つまり、小原に対して、軍令部からの命令を下す、立場におられた。君もすでに知っているとおり、小原がアメリカ兵八人の処刑を命じたのだが、それは、小原個人の裁量では、なかっただろう。上層部の意向が、あったのだと思われる。戦後、アメリカ兵を処刑した罪で、小原一人が死刑判決を受けた。小原が処刑されていれば、それはそれで、一件落着だった。しかし、小原は逃亡した。もし、今回の事件がこじれて、当時のことが、ふたたび脚光を浴びるようなことにでもなれば、戸田栄太郎さんの子息である、戸田副総監の名前が、出て来ないとも限らない。総監も、それを心配されていてね。私に、どうなっているか、調べてくれといわれた」

「しかし、七十年前のことですね」

「だから、法律的な問題じゃなくて、道義的な問題だが、影響は大きい」

「七十年前の問題というのを、具体的に話してもらえませんか?」

「今は駄目だ。何とかして、戸田さんの名前を出さずに、群馬の事件を解決してもらいたいんだよ」

三上は、強い口調で、いった。

「分かりました」

とだけ、いって、十津川は、三上の部屋を出た。

4

捜査一課に戻ると、十津川は、亀井だけを呼んで、三上刑事部長の話を伝えた。

「驚きましたね」

と、亀井が、いった。

「私もだよ」

「群馬県内を走っている私鉄、それも、小さな無人駅で起きた殺人事件が、警視庁の副総監と関係があるといわれれば、誰だってビックリしますよ」

「カメさんもだが、私も、太平洋戦争を知らない。ただ、知識としては、知っている。とにかく、文字通り国を挙げての、総力戦だったんだ。だから、一見、関係がない事件でも、関係ができてくることが多いんじゃないかね」

と、十津川が、いった。

「三上刑事部長は、戸田さんの名前を出さないで、捜査を進めろと、いっている」

「今のところ出ていませんね」

「これから出てくるかもしれん。その時にどうするかだね」

「どうします？　問題は、小原が、逃亡した理由ですね。警備の厳重なアメリカ軍の監視する拘置所から脱走するのは、そう簡単ではなかったと思うんです。もし、捕まれば、恥の上塗りでしょう。それなのに、敢えて、脱走を実行したからには、それなりの理由が、あったと思うんです」

と、亀井がいう。

「もし、それがはっきりすれば、今回の事件の捜査は、一歩も二歩も、前進すると思うんだがね」

「警部は、どうして、小原勝利が、脱走したとお考えですか？」

「小原の海軍兵学校時代の同期生は、死刑になるのが怖くて、逃げ出したんだろうと、いっていたようだが、海兵出身の優秀な男が、死刑が怖くて、逃げ出したというのは、ちょっと、違うような気がしている」

　十津川が、いうと、亀井も、うなずいて、

「私も、そう、思います」

「私は、当時の若者が、はたして、どんな気持ちで、戦争をやっていたのかを、いろいろと、聞いて回ったんだ。そうしたら、当時の若者は、だいたい同じことをいった。あの頃、死ぬことが、怖くなかった、と。若者はみんなこの戦争で、お国のために死ぬと思っていた、というんだ。当時は、死というものが日常化していたからだと思う。そう考えていくと、少なくとも、小原が、処刑されることが怖くて逃げたとは、どうしても思えないんだ」

「しかし、実際には、処刑前に逃げていますね」

「だから、小原は、海軍兵学校の同期生たちに、卑怯者だとか、海軍の面汚し（つらよご）とか、ずっといわれ続けてきたんだ。その挙句に、九十三歳で、殺されてしまった」

「アメリカ軍は、その三人が小原の逃亡を、手助けしたと考え、改めて逮捕し、マニラにある刑務所に収容した。三人は五年の刑で、その刑期を終えて釈放された」

「アメリカ軍の、小原に対する追及は、激しかったんですか？」

「かなり、激しかったといわれている。小原の会津の家も、捜索され、父親の勝之は、アメリカの憲兵隊によって、何回も連行され、数回に及ぶ尋問を、受けたといわれている」

「小原の父、勝之は、元陸軍の軍人で、戦後は、仕事がなく、会津から、高崎に移って、富岡製糸場で、労務担当として働いていたんでしたね？」

「そうだよ。父親は、陸軍の軍人だったが、戦後は、富岡製糸場に、労務担当として就職した。しかし、息子の勝利の件で、退職せざるを得なくなった」

「再就職は、できなかったんですか？」

「難しかったらしい。ただ、上信電鉄の近くに友人ができていたので、富岡近くに土地を買って、農業を始めた」

「いきなり農業を、始めたとして、最初は、うまく、行かなかったでしょうね」

「その点は、よく、分からないんだが、農業だけでは、暮らしていけなかったので、勝之は、別にアルバイトをしていたというし、母親も、近くの商店で、働いていたという話も聞いている。いずれにしても、生活が苦しかったことは、間違いないだろう」

「それにしても、小原勝之は、どうして、富岡製糸場を辞めて、上信電鉄の近くに土地を買って農業を、始めたのでしょうか？」

「息子のことがあったからだろう。拘置所から逃亡して、行方不明になっていた。自分のことを調べて、会いに来るかもしれない。富岡製糸場にたどりついても自分がいなければ、困るだろう。だから、上信電鉄の富岡製糸場の近くで、農業を始めたんだと思う」

「たしかに、警部のおっしゃる通りかも、しれませんね。それにしても、小原は、長い間、よく、見つかりませんでしたね？　アメリカ軍だって、必死になって、彼を捜したはずです」

「必死で逃げ回っていたんだと思うね。ただ昭和二十五年になって朝鮮戦争が始まった。日本に駐留していたアメリカ軍は、韓国軍を助けて、北朝鮮軍と戦うために、次々に、日本から韓国へと移ってしまった。その頃から、小原に対する、アメリカ軍の追及も、緩やかになっていったんじゃないかなと思うね。その後、サンフランシスコ平和条約で恩赦もあったので、アメリカとしては、いつまでも、小原一人に関わってはいられなくなったんだろう。だから、彼は長い間、捕まらずに、逃げ切ることができたんじゃないかね」

5

群馬県警の足立警部から、警視庁の十津川に、電話がかかってきた。

「その後、なにか進展が、あったのでしょうか?」

と、十津川が、聞いた。

「まったく進んでいません。八方塞(ふさ)がりとは、このことです。小原は六年前に、今のマンションに引っ越してきたのですが、それ以前に、どこに住んでいたのかが、分かりません」

「住民票の異動届で、それまでの居住地が、分かりませんか?」

「今の住所に、住民票の登録をしていないんですよ。出征前の、実家のままでした」

「小原は高齢ですから、マンションの賃貸契約をするにも、保証人が必要だったでしょう? その方面は?」

「保証人はいました。しかし、六年前に保証人になった人物は、三年前に亡くなっていました。その人物は、海軍とは関係がなかったそうで、小原とどういった繋がりがあったのか、保証人の、遺族も知りませんでした」

「賃貸契約の更新は、二年に一度じゃなかったでしょうか？」

「そうなんですが、その際にも、小原は、不動産屋に、保証人が亡くなったことを、いっていません。不動産屋のほうでも、契約更新ごとに、保証人の生死を、確かめるようなことはしませんから」

　昭和二十年十月に逃亡してから、六年前までの六十四年間、小原は、どこで、何をしていたのか？　家庭を持ったかどうかは分からないが、職場はあったはずだ。

「年金を受け取るには、金融機関に登録が必要でしょう。口座を設けていれば、住所も分かるのでは？」

「年金は給付されていません。小原のマンションが、荒らされていたことは、お伝えしましたが、身元や経歴が分かるようなものは、残っていませんでした。銀行のカードもなければ、健康保険証など、いっさいがっさいです。手紙や写真の類もありません。犯人が持ち去ったと考えられます。それに運転免許証の住所は、元の小原の実家でした」

　足立警部のため息が、聞こえてきそうだった。

現在から過去へと、さかのぼることができないのであれば、やはり海兵時代からしか、小原の人生は、たどれないのかもしれない。

「分かりました。もう一度、海兵ＯＢに当たってみましょう。この前のＯＢ会には、新聞記者の肩書で出席しましたが、今度は、警視庁刑事として、訊問してみます」

十津川は、そういって、電話を切った。

「カメさん、お聞きのとおりだ。群馬県警の足取り捜査は、行き詰まっているらしい。小原の、戦後の空白を埋める手掛かりは、今のところ、海兵にしかないようだ。ＯＢ会の出席者一人一人に、聴取するしかないだろう」

と、十津川は、亀井にいった。

今年の海兵ＯＢ会に出席した、五人の名前と住所は、中央新聞の田島記者から、聞いていた。

「佐官クラスともなると、やはり口が固いでしょうから、下のほうから当たってみますか？」

亀井の提案で、最初に、ＯＢ会当日に司会役をしていた、太田元大尉の自宅に向かった。

太田元大尉の自宅は、川崎（かわさき）市の先、横浜（よこはま）市の鶴見（つるみ）区にあった。かつては大企業の工場もあったようだが、今では町工場がちらほらと残り、新しい高層マンションが並んでいた。そのマンション群に挟まれるように、太田の一軒家があった。

出て来た太田は、十津川を認めると、

「おや、今日はまた、なんの取材かね？」

と、警戒するそぶりを見せた。十津川がOB会で、小原勝利について、しつこく質問したことを、憶えていたのだろう。

「いえ、今日は、取材ではありません」

そういって、警察手帳を見せると、太田の顔色が変わった。

「警視庁捜査一課の十津川と申します。こっちは亀井刑事。小原勝利さん殺害事件の捜査で、お話をうかがいに参りました」

「私は、小原とは、なんの関係もないんだ。話すことはない。帰ってくれ」

太田が、切り口上にいった。

「関係があるかどうかは、われわれが決めます。お話をうかがえないのなら、警視庁までご足労願うことになりますが」

十津川の言葉に、太田はしぶしぶ、二人を招じ入れた。

玄関を入って、すぐ左が、リビング兼客間になっていた。

「さっきもいったが、私は小原の事件とは、なんの関係もない。小原個人とも、面識がある程度で、親しかったわけじゃない。話そうにも、話すことがないんだ」

ソファに腰かけるなり、太田は繰り返した。

「私どもの質問に、答えていただければ、それでけっこうです。小原さんの事件のあらましは、たぶん、ご存じだと思います。小原さんが失踪したのが、昭和二十年十月です。そして六年前に、群馬県の千平駅に現れ、ボランティアで、駅の清掃を始めた。ところが今年の六月十日、何者かに刃物で刺され、亡くなりました。物盗りの犯行ではありません。犯人には、なんらかの動機があり、目的があった。ここまでは、よろしいでしょうか？」

十津川が問いかけると、太田はうなずいた。

「小原さん殺害の、動機が生じたのは、小原さんの戦後七十年間の、人生のどこでだったか、それをわれわれは調べています。ところで、小原さんは亡くなる直前に、『ジャッジメント』と、つぶやいています。ダイイングメッセージとまではいいませんが、死の間際まで、重くのしかかっていた問題だったのでしょう。そして、小原さんの人生で、ジャッジメント、つまり裁判に関わりがあるのは、捕虜収容所の所長時代に、裁判長として、アメリカ兵を有罪とし、処刑した件と、今度は、アメリカ軍の裁判によって、自分が死刑判決を言い渡された件、この二件です。そのため、海軍兵学校時代から、海軍軍人だったころのことを、お聞きしているのです。海兵ＯＢ会は、二年に一度、八月十五日に開かれています。戦後七十年の間に、小原さんは、一度も顔を見せなかったのでしょうか？　あるいは、ＯＢ会への、なんらかの連絡も、いっさいなかったのでしょうか？」

十津川は、質問の言葉を口にしながら、太田の表情を、注意深く見守った。

太田の視線が、一瞬、揺らいだ。

十津川は、たたみこむように、いった。

「なるほど。小原さんからの動きが、あったのですね。話してください」

太田は、しばらく無言だった。やがて、観念したように、うなずいた。

「その前に、一つだけ、約束してほしい」

「なんでしょう？」

「この話が、私から洩れた、ということは、秘密にしておいてほしい」

「分かりました。お約束します」

太田の話によれば、十六年前のＯＢ会の会場に、小原が電話をかけてきたらしい。

八月十五日に、帝国ホテルでOB会が開催されることは、周知のことだったので、不思議でもない。

ＯＢ会会場の空気が、ピーンと張りつめた。

電話で応対したのは、志垣元大佐だった。

しばらく、やり取りが続いたが、

「貴様は、まだそんなことを、いっているのか！　貴様は、海兵の歴史に泥を塗った、面汚しだ！　二度と連絡など、してくるな！」

志垣は、すごい剣幕で怒声(どせい)を上げ、受話器をたたきつけて、電話を切った。

その時は、十名ほどが参加していたが、誰も、何もいわなかった。

「小原さんは、何をいってきたのですか？」

十津川が、聞いた。

「分からない。私の席からは、受話器の中の音声は、聞き取れなかった」

「では、志垣さん以外の人は、電話の内容は、ご存じないのですね？　小原さんの用件は、分からずじまい、ということですか？」

「たぶん、誰も、聞き取れなかっただろう」

太田は、少し間をとってから、

「しかし、小原の音声は、残されているはずだ」

といった。

「えっ⁉　どういうことですか？」

十津川が、訊ねた。

「海兵ＯＢ会というのは、ただ集まって、旧交を温めるだけの会じゃない。輝かしい海兵精神を、今日の海上自衛官にも引き継がせ、復権させようという趣旨の会だ。だから戦前の海軍を知る者が、当時の戦況や、戦略、戦術などを、つぶさに語り合い、記録として残している。ＯＢ会での会話は、すべて録音し、保管されている。小原の電話があった時も、集音マイクの一つが、志垣大佐のすぐ前にあった。だから、受話器の声も、拾ったんだと思う。その時のテープだけは、志垣大佐が、『預かる』といって、持ち帰られた」

「では、今も、そのテープは……」

「あの方のことだから、厳重に保管されているだろう。だが無駄だよ。テープを聞かせてほしいと、申し入れても、破棄してしまったといわれれば、どうしようもない」

太田がいうように、十津川が訪ねていっても、志垣には、門前払いされるのが、落ちだろう。

「太田さんに、お聞きします。小原さんが連絡してきた内容について、何か、お心当たりはありませんか？」

「推測はつく。しかし、推測を述べるつもりはない。まだ存命の方もおられる。私の推測で、迷惑をかけるわけにはいかん」

太田は、拒絶した。

十津川は、話題を変えた。

「軍隊では、『上意下達』が徹底された、といわれています。もちろん、戦闘のさなかに、上官の命令に従わず、勝手に動く兵隊がいては、それこそ戦争になりません。その意味では、理解できます。ただ、戦前の海軍では、もっと人間性の深い部分で、上意下達の精神が、称揚されていたように、思われます」

その慣習は、戦争が終わり、海軍が、なくなってからも、続いていたらしい。海兵OB会でも、自然に、昔の階級順に並んでしまうという。

誰も、それを、おかしいとは、思わないんだと、そのOBは、十津川に教えてくれた。

「日本帝国海軍は、昭和二十年九月二日に消えたと、一般の人は、思っているが、私たちは違う。私たちの心の中では、今も生き続けている」

と、太田が、いった。

「例えば、具体的には、どのようなことでしょうか？」

「国民国家だ、民主主義だ、平和主義だ、などといっても、それは、表層の変化にすぎない。軍隊の本質は、何も変わっていない。帝国海軍で、タブーだったことがあるとする。そのことは、今も、私たちの間ではタブーだ」

「小原さんのことが、それに当たる、ということですか？」

「戦時中、小原は、帝国海軍の精神を、おとしめるような行動をした。日本帝国の海軍軍人としては、許せないことだった。だから、それは今も、許せないことなんだ」

「やはり、小原さんが、逃亡したことが、ですか？」

十津川がいった時、太田は手を振って、

「私は、戦時中といったはずだ」

といい、話を切り上げた。

6

「戦時中の話――か？」

十津川と亀井は、警視庁に帰る道すがら、太田の言葉を反芻していた。

「小原が逃亡したのは、十月ですから、戦後ということになります。海軍ＯＢたちは、小原の逃亡を、批判しているのではなかったのですか？」

と、亀井が聞いた。

「私はずっと、小原が逃亡したことが、海兵の歴史に泥を塗った行為だと、思っていた。そうじゃないとすれば、小原は、いつの時点で、何をやったのだろう？」

「戦時中の話だとすれば、昭和二十年七月に、アメリカ兵を処刑したことですか？」

「いや、それじゃない。当時、日本人は、Ｂ29の無差別爆撃に、腹を立てていた。小原のやったことに、批判的な日本人は、いなかっただろう。軍の上層部も、速やかに裁判を開き、処罰するよう、望んでいたに違いない」

「では、アメリカ兵の手紙を、家族に届ける仲介役をしたことですか？」

「いや、それでもない。確かに、アメリカ兵に温情は見せたが、それくらいは『武士の情け』で許されるだろう。現に、その直後に、アメリカ兵を処刑しているんだから」

「わけがわかりません」

「カメさんも、そう思うだろう？　太田ははっきりと、自分たちが許せないのは、小原の戦後の行為ではないと、いったからね」

十津川はそういって、手帳を取り出し、間に挟んでいた紙片を、亀井に見せた。

「念のために、国会図書館で、当時の新聞を調べて、コピーしておいた。小原がアメリカ兵を処刑したことが、どんなふうに報道されたかと思ってね」

昭和二十年の物資不足の頃である。新聞用紙も割り当てになり、夕刊は廃止され、朝刊は、一枚である。

一枚の表が政治面、裏が社会面になっている。ほとんどが、特攻の記事と写真だが、社会面に、問題の記事があった。

○無差別爆撃に対して、死刑の判決

本日、福岡の捕虜収容所で、Ｂ29のアメリカ人兵士に対して、死刑の判決が下された。彼らの無差別爆撃によって、日本国民の多くが亡くなったことを考えれば、当然の判決である。死刑は時間をおかずに、実行される。

「ごらんのように、何の問題もなかったんだ」

と、十津川は、いった。

「それなのに、なぜ、海兵ＯＢは小原に対して、批判的だったんでしょうか？　わかりませんね」

と、亀井がいった。

第四章　たった一つの謎

1

十津川はもう一度、今回の事件を、冷静に考え直してみることにした。今まで妙にあわただしく感じていたからである。

考えてみると、何となく時間に追われているような気がしていたのは、関係者が戦後七十年の間に、次々に亡くなっていたからなのだ。

本当はこういう時こそ、腰をすえて、事件を見る必要があるに違いないのである。福岡県庁の小林課長の話では、三人の下士官は、すでに亡くなっていた。そのうちの二人の遺族が、福岡市内に居住しているということだった。

十津川は、小林課長に連絡を取り、遺族の住所を調べてもらった。

遺族の一人は、野々宮聡軍曹の長男・利夫といった。年齢は六十三歳だ。

「父が二十一歳の時、小原大尉の逃亡を幇助した罪で、アメリカ軍の法廷に、立たされました。裁判では初めから、罪状について、争うことはなかったようです。他の二人の方も、同じでした。父は臆することなく、小原大尉を弁護したそうです」

「どういって、弁護されたのですか？」

十津川が、聞いた。

「小原大尉の人柄、捕虜の待遇にも配慮しておられたことなどです。昭和二十年の六月といえば、戦況は悪化の一途をたどっていました。都市部では、食糧難にもなり、一般の日本人でも、毎日、飢えを忍んでいました。ですから、敵国の捕虜など、餓死させてしまえ、といった声もあったようです。そういう状況下ですから、小原大尉も、捕虜たちの食糧確保に、苦労されたといいます」

「お父さんが、あなたに、そういわれたのですか？」

「そうです。ことあるごとに、『あの方は、公平、公正な方だった』と、繰り返していました。八人のアメリカ兵が、捕虜収容所に連行されて来た時、数十人の住民が、収容所に押しかけてきたようです。即刻、アメリカ兵を処刑しろ、ということでした。小原大尉は、住民たちの前に立ちはだかり、『武士道』を説かれたそうです」

「ほう。武士道ですか?」

「日露戦争の時、乃木大将は、降伏したロシアの将校に、着剣を許したまま、写真撮影しています。それが海外に知られ、日本軍の声価を高めました。そんな例を挙げて、住民たちを諭されたようです」

「それで、その場での処刑を、防ぐことができたのですね?」

「結果として、アメリカ兵八人は、全員が処刑されましたが、裁判にかけてのことですから、一応、法治国家としての体裁は、保てました」

「そして、その処刑に、実際に手を下したとして、お父さんは、戦後、アメリカ軍の法廷に起訴されたが、無罪となった」

「小原大尉が、一身を賭して、部下である自分たち三人に、無罪をもたらしてくださった。それに対して、自分たちもまた、その恩に報いるため、罪は覚悟のうえで、逃亡の道をつけたのだと、発言したそうです。そして最後に、あのような上官を、死の淵から救出できたことを、部下として、誇りに思っている、ともいったそうです。私の名前も、小原大尉のお名前から、利の一字をもらっています」

「いいお話ですね」

十津川は、素直に、そう思った。

「アメリカ軍の裁判官も、何か感じるところがあったのか、父たちの陳述に、じっと聞き入っていたそうです。五年の禁固刑となりましたが、あのころの、他の裁判と比べても、ずいぶん軽い刑でした」

「お父さんは、刑期を終えられ、帰国されてから、結婚されたのですね？」

「父が帰国したのは、昭和二十六年の春でした。すぐに許婚だった母と、所帯を持ったそうで、その翌年に、私が生まれました」

「じゃあ、お母さんは、ずっと待っておられたのですね？」

「あのころの女性は、そうだったんじゃありませんか？　今とは、時代の空気が違いますから。今なら、とっくに破談になって、母は別の男性と、結婚していたでしょう。そうなったら、私も生まれていませんが……」

そういって、野々宮利夫は笑った。

小原という人間に対する評価は、極端に分かれていた。海軍の上層部に属するOBたちからは、破廉恥漢のような扱いを受けている。一方、部下の下士官たちからは、高潔な人物として、慕われていた。二つに分かれた評価の落差に、今回の事件のカギが、隠されているのだと、十津川は思った。

2

今、海軍兵学校について、多くの本が出版されている。十津川は、その一冊一冊に当たって、みることにした。

問題の本に著者、あるいは編集責任者の名前が書かれていたら、どんな話でもいいので、聞くために、すぐ電話をかけた。

海軍兵学校の楽しさを、そのまま、学生物語のように、書いた本もあったが、こうした本は、参考にならなかった。

『海軍兵学校の表と裏』『海軍兵学校の栄光と悲惨』といった本を見つけると、十津川は、労を惜(お)しまず、すぐ出版社に足を運んで話を聞いた。

その中に『海軍兵学校の光と影』というタイトルの本があった。

その本は、ある大手の出版社が、三年前に発刊したもので、編集責任者は、まだ、生存していた。

片桐栄作(かたぎりえいさく)、五十歳、戦後の生まれである。本の末尾に書かれた「あとがき」を読むと、

「私は、完全な戦後生まれの人間であるが、太平洋戦争のことを、詳しく知りたいと考え、生存者に今のうちに、話を聞いておこうと企画したのが、本書である。
この本は『海軍兵学校の光と影』というタイトルにしてあるが、ここに書かれた内容こそ、まぎれもなく真実といわれるようになれば、この上ない幸せである」

と、書かれてあった。

たしかに、この本を読むと、戦後、海軍兵学校が、幕を閉じ、海上自衛隊が、生まれるまでの歴史が、書かれている。

ただ、十津川が知りたい事件については、ごく簡単な記述しかなかった。

「昭和二十年七月、九州にあった捕虜収容所で、アメリカ軍のＢ29の乗員八人を裁判にかけ、無差別攻撃の罪で有罪とし、ただちに、死刑にした。

この時の裁判長は、捕虜収容所の所長、小原勝利であり、死刑の実行者は、小原勝利の部下である下士官三人である。

戦後、アメリカ軍は進駐するとただちに関係者を逮捕、起訴した。

小原勝利は、死刑の判決を受けたあと、部下の、下士官三人に助けられて、脱走、その行方が、まったく分からないままである」

これが、記述のすべてだった。

他の記事と比較して、簡潔すぎる気がした。「あとがき」には、「生存者に今のうちに、話を聞いておこうと企画した」とあるが、この部分は、単なる公式記録に終わっている。警察官の肩書で聴取した、という点を差し引いても、十津川のほうが、この著者より、よほど多くの話を聞いてきた。

著者には、事件について、公式記録的な記事しか書けない、事情があったのだろうか？

十津川は、片桐栄作に、会ってみることにした。

片桐栄作は、著書を刊行した後、勤めていた会社を辞めて、独立していた。文筆業に専念した、というのではない。片桐書店という出版社を設立して、社長となっていた。

片桐書店のホームページを開いてみると、一年間に、せいぜい二冊か三冊の本しか、出していなかった。規模が小さく、編集部員も少ないのだろう。

ただ、出版した作品は、自らの著作も含め、太平洋戦争に関する本ばかりだった。

そのことに、十津川は、かすかな期待を持って、小田急線の、下北沢駅の近くにある片桐書店を、訪ねて行った。

3

たしかに、小さな出版社である。古びた雑居ビルの二階を、使っていて、社長の片桐以下、社員は三人だけである。十津川が訪ねていった時も、社長の片桐は、ワイシャツを腕まくりして、自ら校正をやっていた。

十津川と亀井が挨拶をすると、

「ご覧のように、ここには、ゆっくり、お話しできるような場所はないので」

と、いって、近くのカフェに二人を案内した。

十津川は、片桐が書いた『海軍兵学校の光と影』を取り出した。そして、小原逃亡の記事を示して、

「この部分の記事は、他の記事に比べて、あまり取材がされていないように、見受けられるのですが……」

と、切り出した。

「おっしゃるとおりです。ほとんど取材は、できませんでした。この事件について、

海兵ＯＢの方たちは、一様に、口が固かったんです。五、六人に会いましたが、知らぬ存ぜぬの、一点張りでした。本のタイトルのことも、あったんでしょうが」

「『光と影』ですか？　影の部分を書かれたくないと、警戒したのですね？　でも少し異常だとは、思いませんでしたか？」

「もちろん感じました。しかし、事件が事件です。死刑判決を受けながら、アメリカ軍の拘置所から、脱走したのですから、海兵ＯＢにとっては、恥ですからね」

「表向きは、そういうことになっています。ところが、私たちの調べでは、小原さんが逃亡したことを、非難しているのではないことが、分かってきました」

「えっ、どういうことですか？」

「海兵ＯＢの方たちが、非難しているのは、戦後のことではなく、戦時中の、小原さんの行為についてらしいのです。逃亡したのは、戦後ですから、そのことではないのです」

「ちょっと待ってください」

　と、片桐は、急に大きな声を出した。

「それは、理屈に合っていませんよ」

「そうなんです。理屈に合わないんですよ。だから、私は、真相を知りたいんです。

戦後七十年も経ってから、小原さんが、何者かに殺害された理由も、この訳の分からないことが、原因になっているのではないかと、思っています」

「おかしいな」

と、片桐がまた、いった。

「十津川さんのいうことは、どう考えても、理屈に合いません」

「理屈に合わないことをいっているのは、私ではありません。海兵のＯＢの方たちが、いっているのです。それで、片桐さんのご意見をうかがおうと、やって来たんです」

「じゃあ、順序だてて、事件の推移を確認していきます。十津川さんのご存じの部分も、多いと思います。もし、私の話で、違うなと思われる点があれば、話の途中でも、かまいませんから、おっしゃってください」

片桐は、そう前置きしてから、話し始めた。

「戦争末期の、昭和二十年六月中旬、福岡市郊外に、Ｂ29一機が不時着した。これは公式記録に残されています」

「はい。六月十九日のことです」

「Ｂ29には、八人のアメリカ兵が搭乗しており、全員が拘束され、福岡の捕虜収容所に護送された。この時の収容所所長が、小原大尉だった。そして七月に入って、アメリカ兵に対する裁判が開かれ、有罪判決が下されます」

「裁判が開かれるまでの間に、小原さんは、アメリカ兵の家族宛ての手紙を、ある個人に託して、スイス経由で、届けさせています」

「ほう、そんなことがあったんですか。戦時中にね」

片桐には、初耳だったようだ。

「軍の規律違反に、問われかねないのに、思い切ったことをしたものですね」

「それも、小原さんの人柄の、一面でしょう」

と、十津川は、いった。

「裁判の話に戻ります。アメリカ兵を裁いた法廷は、厳密な意味で、検事と弁護人が、対等に論述したかどうか、ここのところは曖昧です。国家と国家の、総力戦のさなかですから、対等ではなかったでしょう。小原大尉は、死刑判決を下します。小原大尉は、心の中では、有罪は仕方ないこととしても、死刑は避けたいと、思っていたのではないでしょうか？」

「かもしれませんが、上層部の意向も配慮しただろうし、また、時代の重さもありました。そうせざるをえなかった」

「もっとも、アメリカの空爆は、無差別爆撃でしたからね。私の両親も、昭和二十年三月十日の東京大空襲で、家を焼かれました。東京を焼け野原にして、日本人の戦意をくだき、日本を降伏させようとする、メチャクチャな殺戮行為です。もし今、東京大空襲に対する裁判が行われたら、間違いなく、アメリカ軍は有罪です。命令に従っただけの、アメリカ兵八人には、気の毒な気もしますが、有罪判決は当然でした。戦争なんて、兵隊のだれもが、命令に従っているわけですから。ところが戦後、今度は逆になって、連合国軍による、日本人BC級戦犯を裁く、裁判が始まります」

「連合国軍とはいっても、実態は、アメリカ軍でした」

「小原大尉が、裁判長を務めた裁判も、蒸し返されます。アメリカ軍は、小原大尉に、死刑判決を下しますが、私は、仕方がないと思っています」

「戦勝国が、敗戦国を裁くという、一方的なものでした」

「とはいっても、小原大尉は死刑判決でしたが、三人の下士官は、無罪になっています。これは、私には驚きでした」

「片桐さんは、三人の下士官の遺族に、会われましたか？」

「いえ、残念ながら、会っていません。最近の役所は、個人のプライバシーを楯に、情報を開示してくれません。十津川さんは、警察官ですから、職権で、会うことができましたか？」

「一人の遺族の男性に会って、話をうかがいました」

「どういっていましたか？」

「小原さんが、すべての罪は自分にある。部下たちは、自分の命令に逆らうことはできなかったと、徹底的に、弁護したそうです」

「やはりね、そんな気がしていました。それで、三人の下士官は、それに恩義を感じて、小原大尉の逃亡に協力したんだ」

「そういうことです」

「私個人としては、死刑判決を受けた人間が、拘置所から、まんまと逃げおおせたことに、快哉を叫びたい、気持ちがあります。言葉は悪いが、アメリカに対して、ざまあみやがれと、いったところでしょうか。海兵ＯＢも、小原大尉の逃亡を非難していないと、先ほど、十津川さんも、おっしゃいましたね」

「ええ。この逃亡について、誰もが口が重く、公には、許せないといっていますが、その内実はどうか……」

「そうすると、また、初めの疑問に、返ってきます。これまで、ずっと順を追って、事件の流れを見てきました。このどこに、小原大尉が、海兵ＯＢから、排斥される行為があるのでしょう？　しかも、戦後のことではなく、戦時中のことだというのは……」

十津川にも、片桐にも、その理由が分からなかった。堂々巡りなのだ。まだ、二人の知らない、事実が残されているのだろうか。

そこで十津川は、少し視点を変えて、片桐に、質問した。

「片桐さんは、戦後の生まれなのに、戦争中のさまざまな事件や、問題点について書かれていますね。その中には、今回の裁判事件と、似たような事件も、あったのではは、ありませんか？」

「たしかに、似たような事件は、ほかにもあります。悲劇的なのは、捕虜収容所における捕虜虐待の罪で、戦後、アメリカによって裁かれ、処刑された人間が、何人もいるということなんです」

「そういう事例は、聞いたことがあります」

「ある捕虜収容所では、食事が悪くて、飢えと病気によって死んでしまった、捕虜が何人かいます。連合国側から見れば、明らかに、捕虜虐待ですよね。しかし、調べていくと、戦争の末期には、日本全体が、食糧不足で飢えていたんです」

「うちの母親も、終戦のころには、イモの蔓まで、食べたといっていましたよ」

と、これまで聞き役に回っていた、亀井がいった。

「戦争の初期には、どこでも日本軍が優勢で、連合国、あるいは、連合国に使われていたアジア人の兵士たちの中から、何万人という捕虜が出ました。捕虜を収容するために、日本の各地に捕虜収容所ができていたのです。そこでは、連合国側が、捕虜虐待だといって、騒ぐような事件が何件も起きています」

片桐は、ポケットから何枚かの写真を取り出して、十津川の前に置いた。

そこに、写っていたのは、アメリカ人やイギリス人、あるいはオランダ人の捕虜たちである。戦争の初期に捕虜になって、日本本土の捕虜収容所に入れられ、戦後になって解放されたか、あるいは戦争中に亡くなった捕虜の写真だった。

多くの捕虜が痩せこけて、明らかに、栄養失調である。

「この写真に写っている捕虜の五十パーセントは、死亡しています。原因は栄養失調、あるいは栄養失調から来る病気です。捕虜収容所の所長や看守たちは、戦後になってアメリカや連合国側の開いた法廷で、捕虜虐待の罪に問われ処刑されています。しかし、こちらの写真も、見てください」

片桐は、さらにまたポケットから何枚かの写真を取り出して、十津川に見せた。

その写真には、同じ捕虜収容所で、捕虜の監視に当たっている日本の兵士と軍属が写っていた。その看守たちも、捕虜よりはマシだが、やはり痩せこけて写っている。

「今もいったように、捕虜だけではなく、看守のほうも、栄養失調だったんですよ。もちろん、この時の日本兵、あるいは、軍属たちは、勝者ですから、捕虜に対して、辛く当たっているし、自分たちが、飢えているのに、捕虜たちに、食わせる必要なんかあるものかと考えていたのも事実です。しかし、捕虜に、栄養のある食事を取らせることは、戦争末期には実際には無理だったんです」

「戦後になって、捕虜虐待の罪で、収容所の所長や看守が処刑されたことは聞いています。その場合、小原のように逃亡したというケースは、ほかにも、あるんですか?」

「私が調べた限りでは、ほかにはありませんでした」

「それは、どうしてだと、思いますか?」

「日本が戦争に負けて、アメリカ軍を筆頭にして、連合国軍の兵士たちが、日本占領のためにやって来ました。日本人は、その時、彼らが持っていた武器や素晴らしい食糧などを見て、ああ、これは負けたと思ったんですね。それに、降伏したわけですからね、だから、抵抗しなかった。しかし、多くのBC級の戦犯が、語っていることですが、本当は自分には責任がないのに捕虜虐待の罪で処罰されるのはおかしいと、抗議をした日本人はいます。それでも、逃亡した話は、ほとんど聞きませんね。日本の本土全体が占領されていましたから、逃げても無駄だと思ったのかもしれません」

「ＢＣ級戦犯に対する判決には、問題があったと、聞いています」

「そうですね。勝者が敗者を、裁くわけですから、裁かれるほうの人間にしてみれば、いろいろと、いいたいこともあったでしょうが、日本政府が連合国側、特に日本を占領していたＧＨＱのマッカーサー司令官に対して裁判に関する抗議をしたというケースは、ほとんどなかったと思います」

「それは、どうしてですか？」

「理由としては二つありますね。今もいったように、一つは、圧倒的な連合国側の武力です。自分たちの粗末な、武器や食糧に比べて、日本を占領したアメリカ軍の武力は格段に優れたものでした。これはかなわないと、思ったからでしょうね。もう一つは、かなり無理をして、イギリス兵の捕虜を処刑したことが、あったということです。この二つは、自分たちが、裁かれる番になった時、あまり騒がなかった理由になっていたと思っています」

「今回の問題と、よく似た事件があったら話していただけませんか？」

と、十津川が、いった。

「これは、海軍ではなく、陸軍が管轄していた捕虜収容所で、起きた事件です。捕虜になっていたのはマレー半島と、ビルマ、今のミャンマーで捕まった、主として、イギリス軍の兵士でした。その数は、全部で約千五百人だったといわれています。その千五百人の捕虜たちは、今もいったように、太平洋戦争の初めの頃、日本軍が圧倒的な力でマレー半島やビルマを占領した時に捕虜になったイギリス兵なんですが、捕虜になった理由というのが面白いんですよ。特にマレー半島で捕虜になったイギリス兵たちは、本当は、もっと、抵抗するつもりだったらしいのです。ところが、日本の歴史に詳しい将校がいて、日本軍というのは日清戦争でも日露戦争でも、捕虜を、優遇した。あまりにも捕虜に対する扱いが、丁寧(ていねい)だったので、そのことが、本にもなっていたそうです。それを読んでいたイギリスの将校が、これほど捕虜を大事にしてくれるのなら、何も、最後まで抵抗することなく、すぐに手を挙げてしまったほうがいいと考えて、あっさり捕虜になってしまったというのです。ところが、実際に捕虜収容所に入ると、日清、日露の両戦争の頃に比べて捕虜を、大事にはしてくれなかった。その上、日清、日露の時は、捕虜に対して毎日のように、ビフテキを出していたと書いてあったのに、食事の量も、少ないし、まずいものばかり食わせる。そこで、イギリス兵十人が、昭和二十年の春、収容所を脱走したのです。その十人は、脱走すると、六甲山の中に逃げ込んで、農家の米や野菜などを、盗んでいたのですが、外国人ですから、見つかって逮捕され、裁判にかけられたんです」

「しかし、捕虜が、脱走するのは、別に犯罪というわけではないでしょう?」

と、亀井が、きいた。

「たしかにそうなんですが、当時の日本兵には、そんな知識はありません。その上、この十人は、山中を、逃亡している間に、日本の農家から食糧を強奪したり、ニワトリなどを殺して、それを山中で、焼いて食べたりしていたのです。さらに、その時、農家の人たち何人かを、殴打して、負傷させている。それに対する、裁判だったのです。この時の、裁判記録を読むと、昭和二十年の六月に、福岡で起きた今回の事件とよく似ているのです。その裁判記録ですが、日本の農民から、食糧を奪うために殴りつけた。その時のケガが、いつまでも治らなかったと農民の何人かが証言しているのです。しかし、この時の裁判長は、イギリス兵の脱走や、日本人に対する傷害は日本全体に対する犯行であるとして、無期懲役の判決を十人に下したのです」

「無期刑というのは、かなり、重い刑ですね」

「そうなんですが、あの時代の空気というものもあります。日本の敗北が、必至になって、連日、本土が爆撃されて、多くの人々が、死んでいます。日本人全体がいら立っていました。そんな時に、起きた事件ですから、無期刑を与えたのも、無理はないと思うのです。ただ死刑ではなかったので、戦争が終わって、彼ら十人も、本国に、帰ることができたのです。問題は、この裁判と、判決ですが、十津川さんがいわれるように、戦後七十年経った今考えれば、たしかに、刑が重すぎます。しかし、当時は、そのくらいの刑で当然だという空気になっていたと思うのです。ですから、この裁判長に対する非難とか、批判の言葉は、日本人の間ではまったく聞かれませんでした」

「事件は戦後、どうなったんですか？」

「他のＢＣ級戦犯と同じです。イギリスでは、この事件に前々から関心があって、イギリス兵は、日本に上陸すると同時に十人を保護しました。そして、イギリス軍の法廷で、捕虜収容所の所長たちが、裁かれました」

「その刑は重かったんですか？」

「日本人の裁判長が、イギリス兵に下した判決と同じく、無期懲役でした。完全に報復ですね。ただ、その後少しずつ減刑されていって、十年間シンガポールの、刑務所に服役したあと、釈放されました」

「それは、よかったと思いますが、小原勝利に当たるのは、戦争中に、捕虜に対して無期懲役の判決を下した裁判長でしょう。同じ日本人は、この事件を、どう見ていたんですか？　彼に対する批判のようなものは、あったのですか？」

「この事件について、私は関西まで行って調べました。そうすると、戦後七十年も経っているので、冷静に、見られるわけですが、戦争中、イギリス兵の捕虜に無期懲役の判決を下した裁判長に対して、批判する声は、まったく聞かれませんでした。戦後すぐ、逆に、彼は、イギリスの法廷によって、無期懲役の判決を、下されたわけですが、この判決について、けしからんとか、報復の判決で許されないという声もありませんでした。どちらも戦争の影響を強く受けていたから、仕方がないという冷静な意見が、多かったんです」

「この事件の日本人の裁判長ですが、無期懲役の判決を受けた後、逃げようとはしなかったんですか？」

甘んじて服役したので、あまり参考にならないなと思って、十津川はきいたのだが、片桐は、ニッコリして、

「今回の事件と同じように、シンガポールで判決を受けたあと、逃亡を、図(はか)っています」

と、いった。

「しかし、捕まった？」

「そうです」

と、片桐が、いった。

「この裁判長の親戚の人が、わざわざ、シンガポールまで行きましてね。看守たちを買収したのです。かなりの金額を払って、二人の看守を買収しています」

「どうして失敗したんですか？」

「どうも、買収した看守が、その金額に不満だったようで、それで失敗したらしいのですよ」

「逃げ損なった人ですが、彼については、何か分かっているんですか？」

「彼の名前は、陸軍少佐の小森豊と、なっています」

「しかし、日本陸軍の将校が、逃げようとしたり、看守二人を買収したりで、日本の軍人らしくありませんから、元陸軍将校たちには、批判されたんじゃありませんか？」

亀井が、きくと、片桐が、微笑して、

「私も、そう、考えました。それに、小森豊は、陸軍士官学校の卒業生ですが、士官学校の成績は、あまりよくなくて、太平洋戦争でも、あまり活躍していません。それで、戦争末期には捕虜収容所の、所長をやっていたんだと思いますね」

「しかし、太平洋戦争の初めの頃には、活躍したんじゃありませんか？」

「たしかに、小森少佐は、マレー作戦に、連隊長として参加しています」

「私の記憶では、マレー半島作戦では、陸軍が自転車に乗った部隊を作って、銀輪部隊と称して大変なスピードでマレー半島を攻略したと聞いているんですが」

「その通りなんですが、小森の連隊は、猪突猛進して、イギリス軍に包囲され、危うく、全滅するところだったのです。ですから、戦争がうまい人間だったとは思えませんん」

「それで、捕虜収容所の所長に回された？」

「そんなところでしょうね」

「その点、何となく、似ていますね。小原勝利のほうは、海軍兵学校を卒業したが、彼が乗るべき軍艦が、なかったので、捕虜収容所の所長に回された。よく似ていますす」

「それでも、陸軍士官学校のＯＢからは、批判されなかったんですか？」

と、亀井が、きいた。

「そうですね。少しは、批判されているだろうと思って、調べてみたのですが、そういう気配は、まったくありませんでしたね」

「それは、なぜだと、思いますか？」

「いろいろと理由は、考えられますが、この小森少佐が、捕虜収容所の所長になったのが、戦争の末期だったからだと思うのです。大本営は、声高に本土決戦を叫んでいましたが、調べてみると、まったく、自信がなかったと分かります。誰が、捕虜収容所の所長をやったとしても、結果は、同じことだったと思いますね。たしかに、捕虜に対する扱いは、劣悪だったし、傷害しか犯していない脱走捕虜に対して、無期懲役の判決を出すというのは、今から考えれば、おかしいのですが、当時の空気を考えると、戦争は負けそうで、全員がいら立っていたわけですから、裁判長になった小森少佐が、無期懲役の判決を、下したとしても、それはそれで、仕方がない。そういう空気が、陸軍士官学校のＯＢから、出ていましたね」

「戦後になって、逆に、イギリスの軍事法廷で、無期懲役の判決を受けた。その後、看守を買収して、逃亡を図りました。これについては、陸軍士官学校のＯＢたちは、何もいっていないんですか？　卑怯なマネをするとか」

「逃亡を図ったことや、看守を買収したことについて、友人や陸軍士官学校のＯＢたちは、別に批判はしていませんね。むしろ、それがうまく行っていれば、万歳だったなとか、ヒーローになれたのに残念だという声のほうが強かったですよ」

「その点も、こちらの事件と似ていますね。小原勝利は、逃亡に成功してしまうんです。逃亡自体について、小森少佐を批判したり、陸軍士官学校の歴史に泥を塗ったというような批判はないんですか？」

「ありません。見事なほどなかったですね」

片桐は、コーヒーが冷めてしまったといって、新しく注文をし直し、十津川と亀井も、新しいコーヒーを、飲み直した。

「もしかすると、これは、軍隊に特有の問題なのかもしれませんね」

と、十津川が、いった。

「たしかに、小原勝利は、海軍が関係していますし、小森豊は、陸軍が関係しています。一般の人間だったら、違う反応をしていたかもしれませんね」

と、片桐も、いった。

それでも、十津川は、硬い表情を、崩さなかった。

十津川が担当している、今回の事件について、必要な回答が得られないと、小原勝利を無人駅で殺した犯人の動機が、分からないのだ。

片桐栄作との会話も、行き詰まっているように感じられてきた。新しい発見がないとして、十津川がそろそろ腰を上げようとした時、彼の携帯が鳴った。

その電話は、警視庁の捜査一課長、本多(ほんだ)からだった。

4

「何かあったのですか？」

と、片桐が、聞く。

「先日、今回の事件に関して、会った方が、亡くなったという、報(しら)せです」

十津川が、答えた。

「じゃあ、ご高齢の方ですね？」

「九十三歳でした。海兵ＯＢの一人です」

「どちらに、お住まいでしたか？」

「千葉の千倉という所です」

「もしかしたら、老人ホームにおられる、田原誠さんですか？」

「ご存じでしたか」

「一度、会ったことがあります。あまり詳しい話は、してもらえませんでしたが。半年前に会った時は、まだまだご壮健（そうけん）に見えたのに。病気ですか？」

「いえ。縊死（いし）です」

「いし？　ああ、分かりました。でも、また、なぜ？」

「それを調べに、今から、千倉まで、出かけます」

「私も、ご一緒していいですか？」

十津川は、一瞬、ためらったが、片桐の同行を認めた。何か、生前の、田原の記憶を、思い出してくれるかもしれない。

その場からすぐタクシーに乗り、最寄の大きな駅から、千葉県の千倉に向かうことになった。

十津川は、今度の事件を担当するようになってから、何人かの人間に、会っている。その多くは、殺された小原勝利と同じ、海軍兵学校のＯＢである。

田原誠は、その中の一人だが、もっともよく、十津川に協力してくれた人間だといえるのだ。

千倉に向かう電車の中で、

「田原誠さんに、どんな話を聞いたんですか？」

十津川は、片桐にきいた。

「それは、今は、ちょっと――」

と、片桐が、いう。田原が死んだことで、動揺しているのかもしれない。

駅からタクシーで千倉の老人ホームに向かう。

ここは、老人ホームという冷たさは感じさせない雰囲気である。

しかし、今日は、千葉県警や、新聞社の車も集まっていた。田原誠が、なぜ自殺したのかを知りたくて、マスコミが来ているのだろう。

十津川たちが警視庁の人間だということが知られれば、そのマスコミの、記者たちに囲まれて、質問攻めにあってしまうだろう。

そこで、マスコミの車や、地元の警察の車が帰っていくのを、根気よく待ってから、十津川たちは、田原誠を、最後に看取(みと)ったという医者と看護師に会って、話を聞いた。

まずは、看護師の話である。

「いつも、朝食の時には、真っ先に起きていらっしゃる田原さんが、一向に姿が見えないのです。昼食の時間になっても、出てこないので、心配になって、部屋に行ったところ、首を吊って死んでいて、すぐ、医師を呼びました」

医者が、話を引き継いだ。

「昨日までは、大変、お元気だったんですよ。九十三歳というお歳ですが、運動には自分から、率先して参加していらっしゃったし、これといった、病気もありませんでした。それが、どうして、自分の部屋で、首を吊って亡くなっていたのか」

「田原さんの部屋に、遺書はなかったんですか？」

「ありませんでした」

と、医者が、いう。

「すると、自殺の原因は、分からずということですか？」

と、亀井が、きいた。

「今のところ、まったく分かりません」

「遺書に似たようなものも、ありませんでしたか？」

「田原さんは毎日、二時間くらいでしたかね、何やら、原稿らしきものを書いていらっしゃいました。大学ノートが五、六冊あって、それを、整理してパソコンに、打っていたのではないかと思っています」

と、医者が、いった。

「そうした書類は、どうなっていますか？」

「地元の警察の方が持っていかれましたが、調べ終わったら、すぐに返却するといっていました」

看護師が、いう。

「ご遺族の方は？」

「それが、ご本人が高齢でしたから、奥さんも息子さんも、すでに亡くなっています。お子さんは、一人でした。お孫さんとは、連絡が取れましたが、ニューヨークに赴任中で、こちらに着かれるのは、明日遅くだということです。それまでは、こちらで、ご遺体を預かることになっています」

田原の遺品は、そのあとで整理されるのだろう。

それから、十五、六分して、地元の警察がパトカーで、問題の、大学ノートとパソコンを返しに来た。たしかに、ノートパソコンが一台と、大学ノートが五冊である。

片桐は、それを見ると、獲物を前にした、猟犬のような目になって、十津川に提案してきた。

「この近くには、ホテルが、何軒かあります。どうでしょう、今日はそこに泊まって、この二つを交互に、検証しませんか？　私が最初にノートパソコンを、検証しますから、その間、十津川さんは、大学ノート五冊を、調べてください。その後で、交換しようじゃありませんか？　私は、両方に、どうしても、目を通したいのです」

「分かりました」

と、十津川は、承知した。

5

千倉にある、同じホテルに、片桐は、ノートパソコンを持って、チェックインし、十津川と亀井は、五冊の大学ノートを抱(かか)えて、入った。

部屋に入ってから、

「警部は、あの片桐という男を、信用しているんですか？」

と、亀井が、きいた。

十津川が、笑った。

「半分信用しているが、残りの半分は、信用していない」

「それは、どうしてですか？」

「何しろ、出版社の社長だからね。あのノートパソコンに、本にしたら売れそうなことが書いてあったら、われわれには、黙って、さっさと、本にして出版するんじゃないのかね？　それくらいのことは考えている、抜け目のない男であることは、間違いなさそうだ」

「それで、警部は、これからどうするつもりですか?」

と、亀井が、きく。

「今、それを考えている」

「捜査を理由に、片桐が目を通す前に、あのノートパソコンを、押収してしまったらどうですか?」

「いや、それは、できないな。お互いに目を通すと約束したんだ。それに、パソコンと大学ノートのことは医者でも知っているし、地元の警察も知っているから、誤魔化せない。とにかく、この大学ノートは、まず、カメさんに預けるから目を通しておいてくれ」

「警部は、どうされるんですか?」

「実は一人、至急会いたい人間がいるんだ。その人間に、会ってくる」

「そんな人がいましたか?」

「今回の事件を、われわれよりも先に、追いかけている男が、いたじゃないか。カメさんは、覚えていないのか?」

「そういえば、たしかに、そんな人がいましたね。農産物の輸入をやっている会社の、社長でしたね。たしか、名前は、湯浅とかいっていました」

「ああ、その人間だ。問題の事件で、戦争の末期に処刑されたB29の乗員八人の写真を、わざわざ、アメリカに行ってコピーして持って帰ってきた男だ。あの男に、田原誠が自殺したことを知らせて、その反応を、見たいんだ」

と、十津川が、いった。

湯浅社長、三十九歳は、JR博多駅前のビルに、会社を設けている。そこで、十津川はまず、彼に電話をした。

十津川が、田原誠が自殺したことを告げると、湯浅は、電話の向こうで大きなため息をつき、

「もし、あの老人ホームで死んだとすると、ノートパソコンと大学ノートが残されているはずですが」

と、いう。

「おっしゃる通りで、ノートパソコンと、五冊の大学ノートが、残されていました。あなたは、この二つに目を通したことがあるんですか？」

「ざっとですが、一度だけ、目を通したことがあります」

と、いう。十津川が、今、五冊の大学ノートを、持っているというと、湯浅は、あ

っさりと、

「これからすぐ、そちらに、伺いますよ」

と、いった。

翌日の昼すぎに、湯浅は、千倉に着いて、十津川たちが泊まっているホテルに、顔を出した。

十津川は、ホテルのロビーで、湯浅に会った。

「本当に、田原誠さんは、自殺したんですか？」

と、湯浅が、いきなりきく。

「最初は事件の可能性もあったんですが、地元の警察が、調べたところでは、自殺に間違いないようです」

「もし、自殺だとすると、あの人のことだから、何か遺書のようなものを残していると思うのですが」

「それが、何も見つからないのですよ」

「残されていたのは、ノートパソコンと、五冊の大学ノートだけだということでしたね？」

「そうです」

「それなら、そのどちらかに、遺書のようなものが、あるかもしれません」

と、湯浅が、いう。

十津川は正直に、片桐という出版社の社長が、同行していて、現在彼が、田原が残したノートパソコンに、目を通していることを告げた。

湯浅が、怒るかもしれないと、思ったが、意外にあっさりと、

「片桐さんという人に、会ったことはありませんが、その人の出版社が、太平洋戦争についての本を、何冊か出していることは知っています」

と、いった。

ロビーで、コーヒーを飲みながら話しているうちに、湯浅は、次第に、皮肉っぽい目になって、

「十津川さんは、私に、隠していることがあるでしょう？」

と、いう。

「いや、何もないですよ。片桐さんのことは、今、お話ししましたから」

「私がいっているのは、警視庁副総監の戸田さんのことですよ。たしか、戸田副総監のお父さんは、戸田栄太郎といって、戦争中、大本営の軍令部で、第二課の課長をやっていたんじゃありませんか？」

「どうして、知っているんですか？」

「小原勝利さんの事件を、調べていけば、自然に戸田栄太郎さんの名前が、浮かんでくるんです。その戸田栄太郎さんのことを、調べていくと、現在の警視庁副総監で、息子さんのことが出てくる。戦争自体は、七十年前に終わっていますけどね。戦争について、調べていくと、現在生きている人間に、ぶつかってくるんです」

と、湯浅が、いった。

「群馬県で起きた事件なのに、警視庁捜査一課の十津川警部が、捜査にあたっておられる。そして、福岡にまで、出張して来られた。不思議に思わないほうが、おかしいですよ」

「どこで、うちの副総監が、戸田栄太郎さんの子供だと、知られたのですか？」

「古い『紳士録』のようなものにあたれば、昔のものは、開けっぴろげでしたから、家族構成も、わかるんです。それで、十津川さんが、こうして、いらしていることも、理解できました。でも、ご安心ください。私は一介の、貿易商です。ゴシップ種を漁（あさ）るような、週刊誌の記者ではありません。表に出すようなことはしません。そもそもおたくの副総監は、戦争とは、まったく関係がないのですから」

湯浅の言葉を聞いて、十津川は、ホッとした。

第五章　世捨人(よすてびと)の如(ごと)く

1

田原の死は、老人性のうつ症状が始まり、発作的に縊死(いし)したものと、判断された。

十津川は、千葉県の千倉では、期待ほどの収穫を得ることはできなかった。

自殺した田原誠が残した手紙やパソコンのデータなどから、何か有力な情報が、得られるのではないかと思って、期待していたのだが、書かれていたものは、どこか曖昧(あいまい)な文章に終始していた。

おそらく、事実を書きたいと思いながら、田原誠の頭の中では、つねに、海軍兵学校OBの意識が邪魔していたにちがいない。だから、すべて、遠慮がちな文章になってしまっているのだろうと、十津川は、推測した。

戦後七十年、海軍兵学校は、すでにない。それでも、意識は、いまだに、田原を縛っているのか。

そこで、十津川は亀井と、再び上信電鉄の無人駅に戻ることにした。

千平駅は、無人駅である。十津川と亀井は、その無人駅のホームで降りた。次の駅は、終点の下仁田駅である。

どうして、小原勝利は、九十三歳で、この小さな無人駅で、毎日、駅の掃除をしていたのだろうか?

現在、十津川には、それが、大きな疑問になっていた。

「普通の九十三歳の老人なら、逆に、気持ちは分かりますよ」

と、亀井が、ホームを見回しながら、十津川に、いった。

「いったい、どう分かるんだ?」

「歳を取っても、世の中の、役に立つような何かがしたい。普通の老人は、そう思っているんですよ。だから、小さな無人駅に、行って、毎日掃除をしたり、花を活けたりなんかしてる。そういうことが、生きがいだという老人を、私は、何人か知っていますよ。しかし、小原の場合は、そういう普通の老人とは、少しばかり、違うんじゃないかと思いますね」

「どうして？」

「小原は、あくまでも、戦争に関係して、生きてきました。小原は戦時中に、海軍ではタブーとされている、何かをやった。戦後すぐに行方をくらまし、十六年前に、突然、海兵ＯＢ会に電話を入れて、蒸し返している。十六年前といえば、終戦から五十四年が経っています。それでも、元大佐の逆鱗に触れるような要求を突きつけている。上官に、意見具申しているわけです。そしてまた、消息を絶ち、戦後七十年で、不幸な形で、生を終えた。無残としかいいようのない、生涯でした」

プラットホームの端に、雑草が、繁り始め、小さなペットボトルが二つ、草むらに転がっていた。

「この千平駅で、清掃ボランティアを始めて、六年間、通い詰めた。自分の年齢を考えれば、ここを終の棲家にしようとしていたのだろう。しかし、なぜ、千平駅なのだろう？　上信電鉄の沿線だけでも、無人駅は、いくつもある。鉄道会社の人に聞いたところ、他にも七カ所あるという」

「小原が、千平駅を選んだのは、偶然かもしれません。けれど、偶然ではないかもしれません。毎日のように、高崎市のあの古いマンションから軽自動車で、ここまで通ってきたことには、理由があるに違いありません」

「実は、私も、そのことを考えていたんだ。小原は、待っていたのかもしれない。千平駅か、あるいは、自宅から千平駅までの、どこかの地点を目印にして、何かを、待っていた。そんな気がしないでもない」

「警部のおっしゃる、何か、というのは、人間のことですか？」

「さあ、どうだろう。私にも、分からないよ。小原が待っていたものが、人間だとしたら、その人間だって、九十歳前後の、高齢者だということになる。平均寿命から考えても、亡くなっている確率は高い。だから、人間ではないかもしれないね」

「人間ではない、何かを待っていた？　そこまで、行っては、私には、分かりません。お手上げです」

と、亀井が、肩をすくめて、笑った。

「カメさん、とにかく、千平駅と小原の自宅をつなぐ道すじを、歩いてみよう。小原が毎日、見ていた風景を、われわれも見ようじゃないか」

と、十津川が、いった。

二人は駅から外に出ると、その周辺を、歩き回った。

駅の近くには、小さな集落があったが、そこで話を聞いても、十津川が欲しいと思う知識は、得られなかった。

そこは昔からの集落で、住んでいる全員がお互いのことを、よく知っていて、その人たちから見れば、小原勝利は、あくまでも他所者でしかなかった。

十津川は、少しずつ、捜査の範囲を広げていった。

一日が空しく過ぎた。

それでも、十津川は、諦めなかった。二日目も、昨日の続きのように、捜査の範囲をさらに広げ、少しでも、情報を集めようとした。

小原が千平駅に、通ったと思われる道路からは、十キロほど離れた地域までも、足を延ばした。十キロの道のりだといっても、軽自動車なら、十五分もあれば、回り道ができる。信号機も見当たらない、田舎道が、続いていた。

その捜査の途中で、一軒の空き家にぶつかった。

屋根が傾き、壁の一部が崩れている。人が住まなくなってから、おそらく十年以上は経っているだろう。

庭の樹木は繁りすぎて、手入れをしなければ、生活の邪魔になってしまうに違いない。

あと二、三年したら、完全に、朽ち果ててしまうに、違いない、そんな雰囲気を漂わせている空き家だった。

十津川は、なぜか、人の気配のまったく消えた、その空き家にこだわった。駅近くの集落から、十キロ近く離れた山の中腹に、ぽつんと、その空き家だけが、建っていたからである。

「この空き家だが、何となく気になって仕方がない」

と、十津川が、声に出して、いった。

しかし、亀井は、

「そうですかね。私には、ただの、朽ち果てた古い空き家にしか見えませんけどね」

と、いった。

駅近くの集落にも最近は、空き家が三軒も出たという。もし、田舎の生活がしたければ、この離れた家に、住む必要はなく、駅近くの集落に住めばいいのである。

この遠く離れた一軒の空き家にも、以前は、誰かが住んでいたのである。

十津川は、村役場に行って、この空き家のことを、きいてみた。

「集落から少し離れた山の中腹に、一軒だけですが、ぽつんと、古い空き家が、ありますね。あれは、いったい、どういう空き家なんですか？」

応対に出た職員は、六十代後半に見えた。胸に「下村（しもむら）」の名札を付けていた。村から若者が減ったため、定年後も、顧問格で、役場の雑務をこなしている、という。

役場内には、四、五人の職員しか、見えなかった。奥の、少し大きな机に座っている、白髪の老人が、村長なのだろう。

「ああ、あの空き家ですか。あのままでは、危険ですので、近く取り壊そうと思ってはいるのですが、なかなか人手がありません。それで、仕方なく、現状のままにしてあるんですよ」

と、下村が、十津川に、いった。十津川が文句をいいに来たと思ったらしい。

「あの家には、いつ頃まで、人が住んでいたんですか？」

と、十津川が、きいた。

「たしか二十年くらい、前まででしたか、ご夫婦が住んでいたんですよ。終戦直後は空き家でしたから、住んでいただけるのであれば、こちらとしても、それだけでありがたいというので、家賃は、ほとんどいただきませんでした」

と、下村は、いった。突然、田舎に住みたいと、いって来たのだという。

「何という、ご夫婦の方が住んでいたんですか？」

と、亀井が、きくと、下村は、

「ちょっとお待ちください」

と、奥から書類を持ってきた。ページを、ぱらぱらとめくりながら、

「えーと、たしか、名前は、朝倉みゆきさんでしたかね。戦後すぐから、ずっとご夫妻で住んでいらっしゃいましたよ。ああ、ありました。たしかに、朝倉みゆきさんで、間違いありません」

と、下村は、いって、問題の箇所を指さした。

そこには、たしかに、「朝倉みゆき」の文字があった。

「ご夫婦で住んでいらっしゃったんですよね？」

「ええ、そうです」

「どうして、奥さんの名義になっているんですか？」

「その点は、どうでしたかね。何しろ昔のことで、私も先輩から、聞かされただけです。朝倉みゆきさんとご主人は、あの家が空き家になっている時に、ご夫婦で、こちらにいらっしゃったようですね。しばらくの間、あの家で、生活しても構わないかというので、どうせ、あんな家ですから、自由に、使ってくださいといって、お貸ししたそうです。その時に、奥さんの名前で、登録したいとおっしゃったので、そうしたらしいんです」

「若いご夫妻だったんですか？」

「そうですね。奥さんは、たしか二十五、六歳で、ご主人のほうは、三十歳くらいだ

った と聞いていますよ」

「どんな、ご夫妻でしたか？」

と、亀井が、きいた。

「とにかく、物静かなご夫妻でした。訪ねてくる人も、ほとんどいませんでした。あの家の裏に、百坪(つぼ)ほどの空き地があって、それをご夫妻で開墾(かいこん)して、野菜を作ったりされていましたね。ですから、野菜を買うということは、ほとんど、なかったんじゃないですか。それと、ニワトリを飼っていましたよ。ただ、お米は、作っていなかったので、小さな、中古のトラックで、月に一、二度は、町のスーパーまで、買い出しに行っていたんじゃなかったかな」

と、下村が、いった。

「そのご夫妻は、何をして生計を、立てていたんでしょうか？」

「ご本人に直接確認したわけではないので、はっきりとしたことは、分かりませんが、ご主人は、ずっと、家にこもって、原稿のようなものを、書いていらっしゃいました。ですから、もしかしたら、作家さんだったんじゃありませんか？　ただ、ご主人の書いたものが本になったというような話は、一度も、聞いたことはありませんから、本当に、作家さんだったかどうかは、分かりません」

と、下村は、いう。

「いつ頃まで、ご夫妻で、あの家に、住んでいたのですか？」

「今も申し上げたように、二十年くらい前でしょうかね？　ご主人が病気で亡くなられて、その後、奥さんは、引っ越していかれました。奥さんが、どこに行かれたのか、詳しいことは分かりませんが、何でも、東京に行かれたということでしたね」

と、下村が、いった。

「千平駅の近くに、小さな集落が、ありますよね？　たしか三百人か四百人くらいの人が住んでいると、聞いたのですが、そこの集落の人たちと、今いわれた朝倉みゆきさんのご夫妻とは、交流はなかったんですか？」

と、十津川が、きいた。

「ほとんどなかったと思いますね。集落の人たちとは、私はよく付き合っていますが、あの集落の人の中で、朝倉みゆきさんや、ご主人と、付き合っているとか、いろいろ話をしたとか、そういう人は一人もいませんでしたからね。ですから、完全に孤立して、ご夫妻二人だけで、生活されていたと思いますよ」

と、下村が、いった。

「もう一度確認しますが、朝倉みゆきさんとご主人は、戦後間もなくあの家に来て、今から二十年くらい前まで住んでいたわけですね？」

「その通りです。たしか戦後二年か三年ほど経って、急に、あそこに住むようになったんじゃないかと思いますよ」

「ご夫妻で写っている写真は、ありませんか？」

と、亀井が、きいた。

「さあ、ありましたかね」

と、いった後、下村は、

「おい、あのご夫妻の写真、どこかにあったかね？」

と、役場の中の職員を見回した。

しかし、誰も、すぐには手を上げなかった。

しばらくして、やっと、やはり六十歳くらいの職員が、

「古い写真が、あったかもしれません」

と、後ろの資料棚の、ガラス戸を開いた。

ファイルの背文字を、目で追いながら、やがて、その中の一冊を取り出し、ページを繰っていた。

「ああ、やっぱり、ありました。これです」

といって、職員は、十津川に差し出した。

その職員が見せてくれた写真は、なるほど、かなり黄ばんでいて、そこには、五人の男女が、写っていた。当時の役場の職員が三人と、問題の夫婦の、合わせて五人が、並んでいる。

写真に写っている夫婦のほうは、男は、五十歳くらいで、朝倉みゆきという奥さんのほうは、おそらく四十五、六歳といったところだろう。役場の職員三人のうちの一人が、下村だという。

「これは、どんな時に、撮った写真ですか？　撮った時のことを、覚えていらっしゃいますか？」

と、十津川は、下村に、きいた。

「ええ、覚えていますよ。さっき、お話ししたように、あの家の近くには、百坪くらいの畑が、ありましてね。あの夫婦は、そこで野菜なんかを、育てていたんですが、ある時、大雨が降って、作っていた野菜が、全部流されてしまったんです。その後、これは、大変だといって、われわれ三人で助けに行ったんですよ。その時に写した写真がこれです」

ただ、五人とも笠をかぶり、手拭い（てぬぐ）いを口のあたりまでしているので、顔ははっきりしない。

「その時、ご夫妻とは、どんな話をしたんですか？」

「そうですね、話は、あまりしませんでしたね。何しろ、普段から口数の少ないご夫妻でしたから。ただ、戦時中は、兵隊に行っていたとか、そんな話をしたことを覚えています」

「戦争に行っていたという話を、もう少し詳しく、教えてもらえませんか？」

と、十津川が、頼んだ。

「戦時中、海軍に、いたというので、もしかしたら、戦艦大和に、乗っていたんですかとご主人にきいたら、何もいわずに、笑っていましたね」

「確認しますが、このお二人はご夫婦で、奥さんの名前は、朝倉みゆきさんというんですよね？」

「ええ、そうですよ」

「その朝倉みゆきの名前で、あの家を登録していたところを、見ると、ご主人は、朝倉家の、お婿さんだったんじゃありませんか？」

と、亀井が、きくと、下村は、笑って、

「いや、それは違いますよ。普通のご夫妻です。ただ、何かというと、奥さんのほうの、名前を使っていましたね」

と、いう。

「そうすると、ご主人のほうの名前は、朝倉じゃないんですね？」

「ええ、そうです。もちろん、ちゃんとした名前が、ありましたよ」

「その名前、覚えていらっしゃいませんか？　名前の一部でも、いいのですが」

と、十津川が、いった。

下村は、

「えーと」

と、うなって、盛んに、首をふっていたが、

「さて、何といったっけなあ。何しろ昔のことですからね。あまりよく覚えていないんですよ。たしか、戸倉さんだったかな、いや、鳥羽さんだったかもしれないな。とにかく、いずれにしても、そんな名前だったような気がしますよ」

と、いった。

「例えば、戸田、とか……」

十津川は、思い切って、その名を出してみた。何か、予感のようなものが、あったのだ。

下村は、ハッと表情を変え、つづけてニッコリ笑った。

「そう、戸田さんです。間違いありません。歳をとって、もの覚えは悪くなっていますが、戸田さんです。でも、よく戸田さんの名前を、ご存じでしたね」

下村は、感心したように、十津川にいった。

「いえ、たまたまですよ」

十津川は、言葉をにごした。

「戸田さんは、戸田なにと、おっしゃいましたか？　下の名前は、覚えていらっしゃいませんか？」

十津川は、重ねて、下村に問いかけた。

「いや、そこまでは。下のお名前で、呼びかけたことは、ありませんでしたから」

当然だろう。下村が高卒で、役場に就職したとして、当時は二十歳前後だ。それに対して、戸田は五十歳くらい。気安く、下の名前で呼ぶことは、なかっただろう。

「姓名の分かる、資料は残っていませんかね？」

と、亀井が、下村に聞いた。

「どこかに、あのご夫妻の名前を書いた書類が、残っているんじゃないか？」

と、下村がいうと、写真を持ってきた、年配の職員が、

「じゃあ、探してみましょう。少々、時間をいただくかもしれませんが」

と断って、また、資料棚のほうに向かった。

役場には、のんびりした空気が、流れていた。限界集落とまではいかないのだろうが、過疎（かそ）の雰囲気を、漂わせていた。

役場としての、雑務も、少ないに違いない。あくせく働く職員は、いなかった。

十津川と下村が、雑談をしていると、先ほどの職員が、戻ってきた。一冊の、古い書類を手にしていた。

「ありましたよ」

それは、昭和二十三年に作られた古い戸籍簿だった。

そこには、はっきりと、戸籍筆頭者は「戸田栄太郎」、妻が「みゆき」と、あった。その頃のものだから、筆書きである。

生年月日もあって、計算すると、栄太郎が三十二歳、みゆきが二十八歳になる。

「やっぱり、警部さんのいったように、戸田さんでしたね」

嬉（うれ）しそうな声で、下村が、いった。

朝倉というのは、多分結婚前の姓だったように思えた。ここではわざと、その名前を使っていたのだろう。

「戸田栄太郎ですか」

と、亀井が、小さなため息をついた。

はっきりと戸田栄太郎だと分かったことで、十津川も、小さな衝撃を、受けていた。

現在の警視庁副総監、戸田栄太郎は、日本海軍に所属する軍人だった。

陸軍でいえば、陸軍大学校を優秀な成績で卒業すると、第一線には、出て行かず、大本営の中枢にある、参謀本部の参謀として、陸軍中央で働くことになる。

これは、海軍も同じである。海軍大学校を優秀な成績で出れば、陸軍と同じように、大本営の海軍軍令部に、勤務し、海軍全体の作戦計画を立てるような要職につく。

戸田栄太郎は、若くして、大本営の海軍軍令部で働いていた。

問題は、戸田栄太郎が、戦争中、どんな働きをしていたのかということである。それは、今回の事件と、どこかで、関係してくる可能性があったからである。

ただ一つの慰めは、その戸田栄太郎が、今から二十年前に亡くなっていたということだった。

現在、戦後七十年である。今から二十年前といえば、戦後五十年。この千平の空き家に夫婦で引っ越してきたのが、昭和二十二、三年だったとすれば、その後四十年以上、夫婦はひっそりと、あの空き家で、過ごしていたことになる。

「ご夫妻の間には、お子さんは？」

と、十津川が、いった。

「ええ、生まれましたよ。男のお子さんでした。随分、遅いお産でしたよ。名前は、ええっと、栄です。今、その男の子がどうしているのかは、分かりませんが」

と、下村が、戸籍簿を見ながら、いった。

現在、戸田栄は、副総監として警視庁に勤務している。ただ、まもなく定年退職するはずである。

もちろん、下村が、そんなことを知っているはずはない。もし、十津川が、そのことを目の前にいる、下村に話したら、どんなにびっくりするだろうか。

そんなことを考えながら、十津川は、下村に、

「ご主人の戸田栄太郎さんが、二十年前に亡くなって、その後、奥さんのみゆきさんは、東京に、行かれたということですが、東京の、どこに引っ越したのか、分かりませんか？」

と、聞いてみた。

「分かりませんね。何しろ、二十年も前のことですから」

と、下村が、首を横に振ると、隣りにいた村長が、

「たしか一度だけ、何かの用事があって、東京に引っ越していった朝倉みゆきさんに、手紙を出したことが、あったんじゃないか？」

と、いった。

「ああ、そういえば、たしかに、そんなことがありました」

と、下村は、村長にうなずくと、次に、十津川に向かって、

「思い出しましたよ。たしか、朝倉みゆきさんが、あの空き家に、忘れ物をしていたので、どうしたらいいですかという問い合わせの手紙を、書いたんです」

と、いうと、また資料棚を忙しく調べていたが、

「朝倉みゆきさんの、東京の住所が分かりましたよ。ただ、これは、二十年近くも前の住所ですからね。はたして、今でもそこに、朝倉さんが住んでいるかどうかは分かりませんよ」

と、いいながら、その住所をメモして、十津川に渡してくれた。

そこに書かれてあった住所と名前は、

「東京都世田谷区成城学園×丁目　成城グレースコーポ五〇二　朝倉みゆき」

と、なっていた。

十津川の思いは、複雑だった。二十年前のものとはいえ、朝倉みゆきの住所が分かって、よかったのだろうか？　朝倉みゆきは、戸田栄太郎の妻だった人だ。ということは、戸田栄副総監の、実母である。朝倉みゆきについて、調べを進めれば、それは必然的に、戸田副総監に、近づくことになる。

十津川には、小原の執念が、捜査陣を、戸田家に引き寄せているように、感じられた。

今までに分かっていることは、戸田栄太郎が、旧海軍で、小原勝利の上位にあった、ということだけだ。上位にある者は、下位の者に対して、命令を下せた。そしてその命令は、絶対であった。

戦後、戸田夫妻は、世間から隠れるようにして、この村の、古家に住みついた。そして、戦後六十四年が経って、戸田の命令下にあった小原が、千平駅に現れた。

小原の、戦後七十年の人生と、戸田栄太郎の人生には、複雑に交錯する部分があったのではないか？　と思うのは、うがった見方だろうか？

十津川は、朝倉みゆきの住まいを訪ねるのは、時期尚早だと、考えた。訪ねる理由が、ないのである。いや、それよりも、朝倉みゆきを訪問すること自体、許されるのか、それが問題だった。

十津川と亀井は、村長や下村に礼をいって、村役場を出た。

「カメさん、戸田栄太郎が、この村に住んでいたことと、小原が千平駅に現れたことは、関係があるのだろうか？　それとも、偶然だろうか？」

十津川は、亀井に聞いた。

「偶然にしては、できすぎのような、気もします。しかし、戸田栄太郎が亡くなって、十四年も経ってから、小原が現れているのですから、偶然だといっても、それも、おかしくないと思います」

十津川と亀井は、その日、さらに捜索の範囲を拡げて、歩いてみたが、これといった収穫はなかった。

2

警視庁に戻った十津川を、三上刑事部長が、待ち受けていた。

「その後、小原の件は、進んでいるのかね？」

十津川は、村役場に赴き、戸田栄太郎夫妻の、戦後の生活について、知ったことを報告した。

「どういうことだ、それは!?　君は、小原の足取りを追ったのではなく、戸田夫妻のことを、調べてきたのか」

三上が、叱責するように、いった。

「偶然のことなのです。小原は、六年前から、千平駅に通い始めました。初めは、小原の目的は、千平駅で誰かを、見つけ出そうとしていたのではないか、と考えました。そのうち、もしかしたら、自宅のマンションと、千平駅の間に、探しているものが、あったのではないかと考え、捜査の範囲を、大きく拡げたのです。そして、気になる古家を見つけ、村役場に、問い合わせたところ、戸田夫婦の名前が、飛び出してきたのです。私も、びっくりしました」

と、十津川は、弁明した。

「よりによって、そんなものを、探り当てるなんて」

三上は、苦虫を嚙みつぶしたように、いった。

「君は、この二つのことは、結びつくと、思うかね？」

「まだ、どちらとも、いえません。しかし、無関係だと、いい切ることも、できません」

「村役場のほうには、何もいってないだろうな？」

「ええ、それは心得ています」

「群馬県警には？」

「まだ、何も」

しばらく、三上は考え込んでいたが、やがて、

「十津川君、戸田夫妻については、しばらく、預からせてくれ。そちらについては、これ以上、動かないでくれ」

そう、十津川に命じた。

十津川が、自分の席に戻ると、亀井がやって来た。

「ちょっと、外に出よう」

十津川は、そういって、亀井を廊下に連れ出し、三上との話を、伝えた。

「そりゃ、そうでしょうねえ。いちばん触れたくないことに、突き当たってしまったのですからね。それで、これから、どうしますか？」

「成城学園まで、行ってみよう」

「ええっ！　朝倉みゆきを、訪ねるのですか？」

「いやいや、訪ねるわけじゃない。ただ、現在も、居住しているかどうかを、確かめ

るだけだ。本人に、会うつもりはないよ」

小田急線の成城学園前駅で降り、十五、六分歩くと、そこに、間違いなく、成城グレースコーポというマンションがあった。古い建物だが、堂々としたたたずまいのマンションだった。

エントランスに入って、五〇二号室の郵便受けを見ると、そこには「朝倉」のプレートが、貼ってあった。郵便物やチラシが、溜まっている気配はない。朝倉みゆきの在、不在にかかわらず、誰かが定期的に、郵便受けを覗いている、ということだ。

「ここでも『朝倉』で、通しているのですね？」

と、亀井が、プレートを指して、いぶかしげにいった。

「そうだね。『戸田』で、よさそうなものなのに……。『戸田』では、都合の悪いことが、あるのだろうか？」

「まさか。戸田栄太郎が亡くなって、もう二十年ですよ」

朝倉みゆきの住居を、確認したので、十津川と亀井は、マンションを出た。

「カメさん、こう考えたら、どうだろう？　戦後すぐに、戸田夫妻は、片田舎に隠棲した。しかも、妻の朝倉姓を、表に出してだ。つまり、『戸田』は、誰かに追われ、その誰かから逃げていた。そして、戸田栄太郎が亡くなって、二十年が経っても、その妻は、『朝倉』の表札を出している。『戸田』の表札で、何者かに、突き止められては、困ることが、今もある。そんなふうに考えられないだろうか？」

「困ることって、なんですか？」

「戸田栄太郎が死亡したあとも、残っているものといえば……」

「戸田の遺品ですか？」

「そう。そしてその遺品が、何かの、証拠になるようなものだとしたら？」

「でも、そんな危険なものなら、破棄（はき）してしまえば、いいじゃないですか」

「いや、歴史の証（あかし）として、将来に残さなくては、ならないものだ。そう簡単には、処分してはいけないものだよ」

「戸田栄太郎の、立場からすれば、旧海軍の機密とか？」

「カメさんも、そう考えるだろう？」

「警部は、小原は、戸田栄太郎の遺品を追っていたと、考えておられるのですか？」

「といっても、なんの裏づけもないよ」

「じゃあ、見てみたいですね、その遺品とやらを」

「おっ、カメさん、勇気ある発言をするね。三上刑事部長に、朝倉みゆき宅の捜索を、直訴でもしてみる？」

「からかわないでくださいよ。こんなこと、警部にしか、いえませんよ」

「そうだね。刑事部長にいおうものなら、どうなることか、想像がつかないよ」

そこで、二人は、顔を見合わせて、笑った。

3

翌日、十津川と亀井は、ふたたび村役場を訪れた。

三上からは、これ以上、戸田夫妻について調べるな、といわれているので、そこに直接、触れるわけにはいかない。ここ六年の間に、小原が、この集落に、姿を見せたか、それを確認するためだった。

今度は初めから、村長が応対してくれた。

十津川は、先日の件で、礼を述べた。

「朝倉さんは、まだご健在でしたか？」

村長のほうから、聞いてきた。

「教えていただいた住所に、いらっしゃいました」

十津川は、当たりさわりのないように、それだけを答えた。

「それは、良かった、それで、十津川さんがお知りになりたいような、いいお話が、聞けましたか？」

と、村長は、屈託なく、聞いてきた。

「残念ながら、旅行に出られたとかで、ご不在でした。四、五日後に、またお訪ねするつもりです」

「でも、どうして、戸田さんに、興味を持たれたのですか？　戸田さんは、二十年も前に、この村からいなくなられたのに。十津川さんは、何か、過去の事件を調べておられるのですか？」

と、村長にいわれて、十津川は、言葉に詰まった。

「いえ、そういうわけでは、ないのです。私の、個人的な事情です」

「ほう、戸田さんと、十津川さんとは、ご関係があったのですか？」

村長が、重ねて、聞いてきた。

「以前、私の父が、よく口にしていた方の名前と、戸田さんは、同姓同名でした。もしや、と思っただけです。もし同一人物なら、朝倉みゆきさんから、昔の父の話が、聞けるかもしれないと、思いましてね。ところで、今日、私たちが来たのは、千平駅で起きた、殺人事件についてです」

戸田の話は、そこまでにしたかった。

「ああ、あの事件の捜査ですか。でも、警視庁の方が、群馬で起こった事件の捜査を、なさるのですか？　殺された老人は、東京の方なのですか？」

村長は、思った以上に、頭の回る人物のようだ。次々に繰り出される質問に、十津川は、押されっぱなしだった。

「ええ、以前は、東京に住んでいたようです。親族の方が、六年ほど前に、家出人捜索願を、出していました。千平駅の事件があって、こちらの県警から、身元の照会があり、私どもで、最終的に、身元が確認されました。ですから、群馬県警と連携して、捜査に当たっています」

十津川の、苦しい作り話を、横で聞いている亀井は、知らぬ顔を、決め込んでいた。

（カメさん、少しは、助けてくれよ）

十津川は、心の中で、亀井をうらめしく思った。

「あの老人の名前が、分かったのでしたね？」

と、村長が、いった。

「小原勝利さんといいます。九十三歳でした」

「うちの村は、いつもは、犯罪とは無縁な、静かなところですから、あの事件があった時は、話題になりました」

村長が答えていた時、十津川は、役場の職員たちが、耳をそばだてているのに、気づいた。

「村長さんは、あの方を、ご存じでしたか？」

「ええ。名前までは知りませんでしたが、お顔は、知っていました」

「千平駅で、見かけられたとか？」

「いいえ。こんな片田舎の村役場ですから、ここの職員で、千平駅を利用している者は、いません。私も含めて、みんな、自動車通勤です。ご多分にもれず、田舎の電車は、一時間に一本か、二本ですから」

「では、いつ、小原さんを、見かけられたのですか？」

「ずっと以前に、この役場に、見えたことがあります」

十津川は、驚いた。

「先日は、その話は、出ませんでしたが……」

「十津川さんは、朝倉さんについて、聞かれましたが、ご老人のことについては、何も、聞かれなかったじゃありませんか」

そういえば、そうだった。偶然にも、戸田栄太郎の、戦後の隠棲（いんせい）場所を、探し当てたことで、そこだけに注目していた。

「私としたことが、迂闊（うかつ）でした。では改めて、お聞かせ願えますか？　小原さんが、村役場に顔を見せたのは、正確には、何年前だったでしょうか？」

「はっきりしたことは、もう忘れてしまいましたが、事件の報道では、六年前から、千平駅の清掃を始めた、ということですから、たぶん、そのころだと思います」

「何か、用件があって、来たのですか？」

「ええ、そうです」

といって、村長は一つ、ため息をついた。

「この地域に、戸田さんというご夫婦が、居住していると聞いて、やって来た。どこに住んでいるのか、教えてほしい、ということでした。古い写真を、一枚だけ、持っていました。古い日本海軍士官の写真です。その写真の人物が、戸田さんだというのです」

「小原さんは、戸田さんを、訪ねてきたのですね？」

と、十津川は、念を押した。

　小原は、戸田栄太郎の行方を、追っていたのだ。戦後六十四年も経った、六年前にも。

「どういう用件か、聞きましたが、はっきりとは答えませんでした。名前を聞いても、名乗らなかった」

「それで、どう返事をされたのですか？」

「窓口で応対したのは、職員でして、私ではありません。その職員は、写真と名前で、すぐに気づきましたが、個人情報については、正式な手続きを経なければ、開示できない、と答えました。それでも老人、小原さんは、戸田さんが、居住しているか、どうかだけでいい、教えてほしいといいました」

「六年前といえば、戸田さんが亡くなって十四年、そして、朝倉さんも、戸田さんの死亡と同時に、東京へ引っ越しています。小原さんは、どこで、そんな古い噂を、聞き込んだのでしょうね？」

　小原の、必死の追跡を、憐れんだ誰かが、戸田さんが亡くなって、十四年も経っているから、もういいだろうと、洩らしたのだろうか？

「ともかく、居住しているとも、居住していないとも、いえない、といって、突っぱねました」

「小原さんは、諦めましたか？」

「いいえ。それからは、三日に一度は、ここに顔を出しました」

「どれくらいの期間？」

「半年ほど、続いたでしょうか。毎回、うなだれるようにして、帰って行きましたよ。そのうちに、千平駅で、清掃ボランティアをやっているという、噂が入ってきました」

「どう感じられました？」

「実はそのころ、私は個人的に、小原さんに、会いに行ったことがあります」

「村長さんが、千平駅にですか？」

「ええ。正直なところ、少し小原さんが、気の毒な気がしていましたから。悪い人には見えませんし、高齢でした。それに、こっちは、戸田さんが、すでに亡くなっていることを、知っています。ひと言、いってあげれば、小原さんも諦めるだろうと、思っていました。しかし、それは職務規程に、違反します」

行政を預かる村長としては、やむをえない判断だが、人間個人としては、同情したくなるのも、理解できた。

「どんな話を、されたのですか？」

「特にこれといっては。こちらからは、何も伝えていません。どんな事情があるのか、聞いただけです。しかし教えてくれませんでした」

そうだろうと、十津川は思った。何十年もの人生のすべてをかけた、事情だったのだろうから。

「小原さんは、白の軽自動車を、運転していました」

村長が、続けた。

「そのクルマが、年中、この集落の近辺で、見かけられました。戸田さんを、探していたのでしょう。小原さんが、最初に、村役場に来てから、三年くらい経ったころ、私はまた、老人に会いに行きました。もう一度、事情を聞きました。その時は、ポツリと、『なんとしても、汚名をそそぎたい。私の汚名を、そそぐことが、ある組織の改革にもつながる』といいました」

「『汚名をそそぐ』ですか？　そしてそれが、組織の改革につながる、と」

「あれだけ高齢な人が、なんの組織を改革しようというのか、私には、見当がつきませんが、本人は、真剣な表情でした」

村長は、六十代後半に見えた。戦争に参加したことがない人間には、分からないだろう。十津川にしても、最近、知ったことだ。改革したい組織とは、旧帝国海軍のことに違いない。まだ半信半疑だが、旧帝国海軍は亡霊ではなく、実体のある生命体として、息づいているのである。

しかし、「汚名」という言葉が、何を意味するのかが、分からない。

海軍兵学校のＯＢや、元上官たちから受けた、いわれなき誹謗(ひぼう)中傷を、なんとかして、払拭(ふっしょく)したいということなのだろうが、小原自身は、何をもって「汚名」と考えていたのか？

十津川たちは、はじめ、小原が、アメリカ軍に死刑判決を受けた後、収容所から逃亡したことが、「汚名」に当たるのだと考えていた。海兵ＯＢ会で、志垣元海軍大佐も、はっきりと、そういった。

しかし、鶴見の太田元大尉に聴取したところ、海兵ＯＢたちから、小原が非難されているのは、戦時中の行為によってだという。死刑判決も、その後の逃亡も、戦後のことである。とするなら、それらは「汚名」には、該当しない。太田元大尉が、わざわざウソをつく必要はないだろう。

小原は、海軍兵学校出身という、旧海軍のエリートである。プライドもあっただろうし、サムライ精神も持っていたはずである。

アメリカ軍の裁判によって、死刑判決を受けた。その判決が、小原がアメリカ兵八人に死刑判決を下したことに対する、報復だったとしても、間違った判決だとは、思わなかっただろう。多少の無念さはあったとしても、死刑判決を、毅然と受け止めたはずである。

しかし小原は、拘置所から脱走した。部下の下士官三人が、逃亡を幇助した。下士官たちが、アメリカ軍に逮捕されるのは、目に見えていた。それが分かっていながら、下士官たちの好意に甘える形で、逃亡した。

下士官たちを見捨てたことは、「汚名」といえば「汚名」だろう。しかし、その「汚名」を甘んじて受ける覚悟で、さらに別の「汚名」をそそぐためにとった行動が、戸田栄太郎の行方を追うことだった。

「小原さんは、どういった『汚名』だったのかは、話さなかったのですね？」

「ええ。固く口をつぐんで、何もいいませんでした」

なぜ小原は、汚名の内実を、ぶちまけなかったのだろう？　世間に向けて、訴えればよかったのだ。死刑判決や拘置所からの逃亡は、時効を迎えていただろう。世間に出てこられない理由が、ほかにあったのだろうか？

いや、小原は、戦中派のバリバリだったのだ。「汚名」といっても、戦中派の小原と、十津川や村長ら戦後派とは、価値観が違っていたのだろうか？　その違いを突き詰めていけば、事件の核心に、迫ることができるのだろうか？

「私は、小原さんに、いいました。ちっぽけではあるけれど、行政の責任者としては、住民の、具体的な情報を、むやみに洩らすことはできない。ただ、一般的にいって、戸田さんという方は、高齢のようだし、とっくに亡くなっていても、おかしくないでしょう、と」

「小原さんは、どういう反応を、見せましたか？」

「それをいった時の、私の表情から、何かを読み取ったようでした。ギョッとした顔になり、それからガックリと、うなだれていました。それで、私の意は伝わったのだと、思いました」

十津川には、その場面が、想像できた。小原が、生涯をかけて積み重ねてきたものが、一挙に瓦解するような、虚無の世界を味わったはずだ。

「けれど、それだけでは、すみませんでした」

と、村長は続けた。

「というと……？」

「今度は、もし戸田さんが、亡くなっているのなら、奥さんがいるはずだ。奥さんが亡くなっていたら、子供がいるはずだと、いいます。奥さんか子供が、今、どこにいるか、教えてほしい、と詰め寄ってきました」

「村長さんは、なんと答えられました？」

「もちろん、知らぬ存ぜぬ、です。小原さんは、今でいう、ストーカーみたいなものでした。もし奥さんや息子さんの居場所が洩れて、傷害事件にでもなれば、こちらの責任を問われます。それだけの執念を、感じさせました。なので、戸田さんの居住の有無すら、教えることを拒否しているのだから、当然、ご家族についても、同じです、と答えました」

「小原さんは？」

「うらめしそうに、私を見ていました。しかし、私がそうした態度をとることは、理解してくれたようです。最後には、『ありがとう』といいました。それは、私が、それとなく、戸田さんが亡くなったことを、伝えたことへの、感謝の言葉だったのでしょう」

十津川も、ホッとしていた。朝倉みゆきの線から、戸田夫妻の子供、つまり、戸田副総監の名前が出て来ることは、絶対に、避けなければならなかった。そのために、群馬県警の捜査に、協力しているのだ。

第六章　残された手記

1

警視庁に戻った十津川は、その日に判明したことを、三上刑事部長に報告した。

十津川の話に、聞き入っていた三上の表情が、だんだんと険しくなり、やがて、頭を抱えてしまった。

「じゃあ君は、戸田栄太郎の遺品の中に、事件を解明するカギがある、というのか？」

「必ずある、とはいえません。しかし、十分に考えられます。戸田栄太郎は、生前、外出することも少なく、何かを書いて、毎日を過ごしていたそうです。戦後すぐに、片田舎に移り住んだのですから、行方をくらましたのは、小原と同じです。それで、何かを書き続けたのですから、たぶん、海軍の、戦時中の事柄に、関するものだったのではないでしょうか」

「いったい、何を書いていた、というのかね？」

「二年に一度、開かれる、海兵ＯＢ会では、各自が交代で、戦時中の出来事を、詳しく証言している、といいます。どういう戦況の時、どのように戦略・戦術をたて、どういった命令を下したのか。そして、結果はどうなったのか。各人の話は、逐一、録音され、保管されています。それと同じように、戸田栄太郎は、自分の体験や見聞を、書き残したのだと思います」

「今どき、そんなものを残して、どんな意味があるんだ？　海軍は解体されてしまったし、戦前の軍隊と、現在の自衛隊は、まったく違う組織だ」

十津川は、海兵ＯＢ会に同席して感じたことや、太田元大尉に会って、教えられた内容を、詳しく語った。

「まるで、戦前の亡霊が、今もさまよっているようじゃないか」

「おっしゃるとおりです。帝国海軍は滅んでいません。その精神は、脈々と受け継がれ、現代の日本に、生き残っています。戸田栄太郎が書き残したものが、その一つでしょうし、小原が追い続けたものも、それだったのでしょう。そして、そのどこかに、殺意を呼び起こすものがあったのだと、考えています」

「どうしても、戸田みゆきさんに、会う必要があると、いうのだね？」

「何か、方法は、ないでしょうか？　戸田栄太郎さんの書き残したものを、見せていただくだけでも、いいのです」

「そう簡単に、いってくれるな。戸田みゆきさんは、容疑者でもなんでもないんだ。まして、戸田副総監の、実のお母さんだ。そんな人から聴取しようなんて、前代未聞だよ」

三上刑事部長も、サジを投げた格好だった。

三上は、捜査状況を、詳しく書いた書類を、提出するよう、十津川に命じた。

十津川が、席に戻ると、群馬県警の足立警部から、電話があったとのメモが、置いてあった。

一時間ほどかけて、書類を書き上げ、三上に届けると、十津川は、足立に連絡をとった。足立は、群馬県警本部長に同行して、東京に来ているという。お互いの情報を、交換するため、一時間後に会う約束をして、電話を切った。

十津川には、足立に会う前に、確認しておかなければならないことがあった。

ふたたび、三上の前に立った。

「群馬県警の足立警部と、これから会うことになりました。あちらからも、捜査の進み具合の説明があるでしょうが、われわれは、どこまで話しても、いいのでしょうか？」

これまでの、捜査の成り行きから考えて、もはや戸田栄太郎について、隠しておけないと思ったのである。

「ちょうど君に、伝えようとしていたところだ。実は今、群馬県警の本部長が、こちらに来ておられ、上のほうと、話し合われている」

話し合いとは、戸田栄太郎の、扱いについてだろうと、十津川は思った。

「君の報告書も、届けておいたよ」

「ありがとうございます」

十津川には、意外だった。戸田栄太郎と小原についての報告書は、三上の手元に置かれるのだと、思っていた。ところが、十津川が届けてすぐに、三上は、上層部に提出したという。

「それに、お許しも出たよ」

と、三上は、ニコリとして、いった。

「は？」

「戸田みゆきさんのことだよ。話を聞きに行っても、かまわない、といわれたよ」

「どなたにですか？」

「副総監ご自身が、そういわれた。私は以前から、副総監にはエリート臭さがなくて、気さくな方だと思っていたが、それ以上だった。副総監は、小原の経歴を耳にされた時、すぐに、父親との関係に、気づかれたそうだ。そして、周りの空気も、読まれていたそうだ。副総監の名前が出ないように、周囲が気遣っているのを、ご存じだった」

副総監は、十津川とはまったく違った、出世コースをたどった人だった。雲の上の人、といってもいい。

「副総監はおっしゃった。もう定年退官も迫っていて、栄達を望む気もない。自分は自分で、警察官僚として、それなりに務めてきたつもりだ。父親が軍人だったことも、別に隠すようなことじゃない。戦前には、ごくありふれたことで、国全体が、軍人を尊敬している時代だった。父親の経歴から、自分の名前が出て、警視庁の名にキズがつくのは、避けなければならない。そうでなければ、自分のことも、一般市民と同じように、扱ってくれていい。もちろん、母親も同じだ、とね」

十津川には、返す言葉がなかった。副総監の態度に、感激していたのである。

「副総監のほうから、お母さまのほうに、連絡しておくので、時間を打ち合わせて、訪ねて行きなさい、ということだ」

十津川は、深々と、頭を下げた。

「足立警部にも、特に伝えていけないことはない。この件については、あちらも、むやみに、外に洩(も)らさないように、用心はあるだろう」

午後八時、十津川と亀井は、警視庁近くの喫茶店で、足立と会っていた。近くに人はいない。

十津川たちの捜査については、すでに県警本部長から、教えられた、というので、群馬県警の報告だけを、聞く形になった。

「小原の殺害された日の、午前七時前、小原のマンションで、高齢の男性が、目撃されていました。小原の白の軽自動車から、降りてきたそうです、キャップを被(かぶ)っていたが、白髪で、身長は百七十センチくらい。黒っぽい上下。歳のわりに、背筋は伸びており、歩行もしっかりしていた、ということです」

「ほぼ、犯人に間違いありませんね」

と、十津川が、いった。

「ところが、犯人の足取りを追おうにも、目撃者を見つけたのは、一昨日（いっさくじつ）のことで、どうしようもありません」

今は、九月中旬だから、事件があって、三カ月が経過していた。

「目撃者の発見が遅れたのは、その人物が、ちょうど事件のあった当日から、東南アジアの合弁会社に、出張したからです。一週間前に帰国しましたが、事件を知ったのはそのあと、ということで、われわれが接触できたのは、一昨日でした」

足立警部たちの、怠慢（たいまん）ではない。

軽自動車と小原の部屋からは、本人以外の、最近の指紋が採取されていたが、前歴者のデータに、合致するものはなかった。犯人は、不注意で、指紋を残したのではないだろう。逮捕されるのを恐れていないか、それとも、逮捕されないとの確信があったのか。

その夜の電車で、群馬に戻る足立は、最後に、

「戸田みゆきさんのところから、何か出てきてほしいものです」

といって、席を立った。

2

翌日の午前十時、十津川と亀井は、成城グレースコーポの前に、やって来た。

十津川は、昨日の、三上の言葉を、思い出していた。

〈戸田みゆきさんを訪問する時は、外部の人に、不審がられないようにしてくれ。一人住まいの老婦人を、いかつい顔の二人組の男が訪ねたら、近所の人の、目を引くだろう。誰か、十津川君に見合った歳の、女性警官でもつけようか？　中年の夫婦が訪ねて行ったことにすれば、怪しまれないだろう〉

三上には、そういわれたが、十津川は断った。

〈大丈夫ですよ。私も亀井刑事も、普段はおとなしい、ごく普通のサラリーマンに見えますから〉

三上は、呆れた顔をしていた。

それを思い出しながら、亀井を見ると、確かに風景に溶け込んだ、平凡な印象を漂わせている。

「警部、なんですか？　そんなにじろじろ、私を見つめて」

「いや、昨日、三上刑事部長がね……」

と、説明すると、亀井も苦笑した。

マンションのエントランスに入ると、各部屋の住人と連絡をとる、ボタンキーが設置してあった。来訪者を確認した住人が、自室のボタンを押さなければ、エレベーターに向かうドアは、開かない。マンションは古かったが、セキュリティーは、最新の設備になっていた。

五〇二号室のボタンを押すと、年配の女性の声が出た。

十津川は、名前を告げた。

エレベーターで五階に上がり、五〇二号室のドアフォーンを鳴らす。

ちょっと間があってから、ドアが開き、九十代くらいの女性が、顔を出した。

それが、戸田みゆきだった。

十津川が警察手帳を見せながら、小声でいった。

「警視庁捜査一課の、十津川といいます。こっちは、亀井刑事です。本日は、お時間を取っていただき、ありがとうございます」

戸田みゆきは、ふくよかな顔立ちで、表情は、おだやかだった。

十津川と亀井は、部屋の中に通された。

室内の調度を眺めると、戸田みゆきは、2DKのこのマンションに、一人で住んでいる感じだった。

茶菓を出してくれた相手に、十津川は改めて、礼を述べ、

「こちらには、ずっとお一人で？」

と、世間話から始めた。

「主人が亡くなって、東京へ来てからは、一人住まいです。息子は前々から、もう高齢なのだから、一緒に住もうと、いってくれているのですが、私一人のほうが、何かと気が楽なんですよ」

と、戸田みゆきは、いった。

「最近、何度か、群馬県の上信電鉄の千平駅を訪れました。そこから少し奥まったところで、以前、ご主人と一緒に住んでおられたという、古い家屋を見てきました」

「よくそんな家を見つけられましたね」

戸田みゆきが、驚いたように、いった。

「偶然でした。いわくありげな家屋が、ぽつんと一軒だけ、離れて建っていました。村役場に寄ったついでに、どんな方が住んでおられたのか、聞いてみたのです。まったくの、好奇心からでした」

「そうしたら、私どもの名前が出て来た？」

「正直、驚きました。副総監のお父上のお名前に、かすかな記憶があったものですから」

殺人事件と関連して、戸田栄太郎の名前が浮かび上がっていた、とはいえなかった。

「でも、千平なんて、懐かしい地名ですね。ええ、たしかに主人と一緒に、長く住んでいました。千平に行ったのは、戦後すぐのころでした。あのころは、都会の生活は大変でしたから、むしろ、ああいう田舎のほうが、生活するには、ずっとよかったんです」

「家庭菜園も、やっておられたとか」

「いいえ。本格的な野菜畑ですよ。海から遠いところですから、お魚なんて、手に入りません。ご飯のおかずは、毎日、畑で採れる野菜ばかり。でも、なにもない都会よりは恵まれてたでしょうね」

といって、戸田みゆきが、微笑する。

「ご主人は、東京に出て、就職されることはなかったのですか？」

「民間の会社で、声をかけてくださるところも、あったのですが、お断りしたようです。終戦を迎えて、主人は、戦争には疲れた、これからは、田舎でのんびり暮らしたいと申しまして、いろいろと探して、あそこに住むことになったんです」

戸田栄太郎は、海軍軍令部に所属する、軍人だった。日本を占領したアメリカ軍は、民主化政策の一環として、軍国主義の色彩の強い人物を、公の組織から、追放した。公職追放といわれている。戸田栄太郎も、追放されたはずだ。だから戸田みゆきは「民間の会社」といったのだ。

「慣れない畑仕事は、奥さまには、きつかったでしょうね」

亀井が、いった。

「そうですね。あのころの日本は、誰もが、日々の生活に追われ、食べていくのに、精一杯でした。贅沢なんて、いってられませんでした。幸い、私の実家が、小さな会社ですが、経営しており、主人を、その会社に、籍だけ入れてもらって、経済的な援助を、受けることができました」

戸田みゆきの実家は、会社を経営していたのだという。

戸田栄太郎が、定職に就くことなく、生活できた理由が、分かった。妻の実家から、生活費が出ていたのだ。息子の戸田栄副総監は、有名大学の出身である。それらの学費も、みゆきの実家から、出ていたのだろう。

「ご主人は、海軍兵学校を出られて、海軍軍令部に、勤務されていたと、うかがいました」

「ええ、そのとおりです」

「ご主人は、お仕事について、何かおっしゃっていましたか？」

「主人の仕事について、詳しい内容は、存じません。主人と、仕事や戦争の話をしたことは、一度もありませんでした。主人が、戦争中に何をしていたのか、何を考えていたのか、まったく存じません。申し訳ありませんが、十津川さんに、お話しできるようなことは、ありません」

「まったく、なかった？」

「ええ。主人はもともと、物静かな性格で、無口でした。日常の会話も、ほかの皆さんのご家庭より、ずっと少なかったように思います。それで何十年も、一緒に暮らせたのですから、夫婦って、不思議ですね」

そういって、戸田みゆきは笑った。

戸田みゆきは、「知らない」を繰り返した。当時、深窓に育った妻が、高級官僚や高級軍人の職掌について、あれこれ詮索するようなことは、少なかっただろう。戸田栄太郎は、海軍軍人である。軽率に、軍の内情を、口にするはずがない。

それを承知のうえで、十津川は、小原勝利について、説明を始めた。

「海軍兵学校で、ご主人の後輩に当たる、小原勝利さんという方が、いらっしゃいました。今年九十三歳でした。小原さんという名前を、ご主人から聞かれたことは、ありませんか？」

「小原さん？　さあ、どうでしょう」

と、遠くの記憶を探るように、しばらく考えていたが、

「聞いたことはありません。そういえば、今になって気づきましたが、主人から人様のお名前を、聞いたことは、ほとんどなかったようです。親戚などは、別ですが」

戸田みゆきが、ウソをついているとは、思えなかった。

「実は、小原さんは今年六月、千平駅で、何者かに殺害されました。残念ながら、今に至っても、容疑者すら、浮かんでいません」

「そんなにお歳を召されてから、不幸な目に、お遭いになったのですか。お気の毒に。でも、その事件と主人に、どんな繋がりがあるのでしょう？　主人はとっくに亡くなっていますし、戦後は、世捨て人のような生活でしたから、お付き合いがあったとは思えませんけれど」

「ご主人は、あまりお出かけにならず、ご自宅で、執筆をされていたと、うかがって

きましたが……」

と、亀井が、聞いた。

「何か書いているのは、承知していました。けれど、何を書いているのか、主人に聞いたことはありません。主人も、何もいいませんでした。ただ、主人にとっては、大変重要なことなんだとは、分かっていました」

「今も、ご主人が書き留められたものは、残されていますか？」

と、十津川が、聞いた。

「ええ。私が保管しています」

戸田みゆきは、あっさりといった。

「それを拝見するわけには、いかないでしょうか？」

十津川は、意気込んで、いった。

十津川の言葉に、戸田みゆきは、困惑した表情になった。

「でもそれが、先ほどの事件と、関わりがあるのでしょうか？」

「関わりがあるのではないかと、われわれは考えています。副総監から、詳しい話は？」

「いいえ、聞いておりません。ただ、十津川さんたちの捜査に、協力してほしいと、それだけをいわれました」

戸田副総監は、事件の詳細は、告げていないようだった。

「少し込み入った話になりますが……」

と、断って、十津川は、事件の経過を、説明した。

海軍で、戸田栄太郎が、小原の上官だったことや、福岡での捕虜収容所の裁判について は、戸田みゆきは、淡々と聞いていた。しかし、小原が六年前に、千平駅からほど近い村役場に現れて、戸田栄太郎の消息を尋ねたことに触れると、顔色が変わっていった。

「小原さんとおっしゃる方は、戦後ずっと、主人を捜していたのですか？　七十年もにわたって……」

「そのようです。つい最近まで、奥さまの居所を、教えてほしいと、村役場に掛け合っていました」

「私の居所、ですか？」

「ご主人が亡くなっていると聞いて、今度は、奥さまを捜そうとしていました。ということは、小原さんが探し求めていたものが、もしかしたら、奥さまの手元にあるのではないかと、考えたのだと思います」

「それが、主人が書き残した、手記だといわれるのですね？」

「そうではないかと、われわれは、考えています」

　戸田みゆきは、しばらく考え込み、やがて、

「困りましたね。あの手記は、十津川さんにお見せすることが、できないのです」

といった。

「なぜですか？」

「主人の遺言なんです。誰にも見せてはならない。息子の栄が、警視庁を退官したら、栄にだけは見せてもいい、と遺言したんです。もしその前に、私の寿命が尽きるようなら、栄には、退官後に読むようにと、伝えるつもりでした」

　遺言を持ち出されては、対応のしようがなかった。戸田みゆきは、犯罪とは無縁だった。強制的に、手記を押収することはできない。

「十津川さんには、お気の毒ですが、私の立場も、ご理解ください。主人との約束を破ったら、あの世で、主人に合わせる顔がありません」

3

「警部、手も足も出ませんでしたね」

成城学園から帰る道すがら、亀井が、ため息混じりに、声をかけてきた。

「うん。八方塞がりとは、このことだな」

十津川も、落胆していた。

副総監のお声がかりで、実現した訪問だったが、結局のところ、成果はなかった。

一般の事件なら、一つの道が閉ざされれば、ほかの道を探ることもできる。その繰り返しが、犯人逮捕に繋がるのである。

しかし、今回は違う。扉の向こうに、事件解明のカギがあると、確信しているのに、その扉を開くことができない。警察権力をもってしても、開けない。そもそも、権力を行使する大義名分がないのだから、引き下がるしかないのだ。

「三上刑事部長には、なんて報告されますか？」

「ありのままを、いうしかないだろう。遺言により、手記を見ることはできなかった、と」

「副総監は、どのように考えられるでしょう?」

「戸田みゆきさんは、おだやかで、やさしいお母さんに見える。それだけに副総監も、これ以上、無理をいって、お母さんに苦しい思いをさせるのは、忍びないに違いないよ」

十津川は、警視庁に戻ると、戸田みゆきとの面談について、三上に報告した。

「うーん、遺言か。伝家（でんか）の宝刀みたいなものだな」

三上は、十津川の報告を携（たずさ）えて、副総監室に出かけていった。

三十分ほどして、また三上から、呼び出しがあった。

「副総監は、苦笑いしておられたよ。普段は、おとなしい性格なんだが、オヤジのこととなると、やたら芯の強いところを見せる。うまくいくかどうか分からないが、副総監ご自身が、お母さまに話してみる、といわれて、出かけられたよ」

「ありがたいお話です。結果がどう出ようと、深く感謝していたと、お伝えしてください」

十津川は、心から、そう思った。副総監クラスの人物が、現場の地道な捜査を、積極的に手伝ってくれるなんて、あまり聞いたことがなかった。

「君が直接、お礼を申し上げれば、いいじゃないか。私も立ち会ってあげるよ」

「ご冗談もほどほどに、お願いします。そういうのは、私は苦手ですから」

といって、十津川は、早々に退散した。後ろで、三上の笑い声が聞こえた。


翌日の夕方、十津川と亀井は、三上に呼ばれた。

三上は、机の上の大型封筒を、十津川に見せた。

「資料のコピーが入っている。目を通してくれないか」

「なんの資料ですか？」

「君が、見たがっていたものだよ」

「え？」

「戸田栄太郎さんが、書き残された手記の一部だよ。全部ではない。昨夜遅くまでと、今日の昼間に、副総監が読まれて、今回の事件と、関係があると思われる部分だけを、コピーして、渡してくださった」

十津川は、思いも寄らない資料を手にして、まだ信じられなかった。

「ここだけの話だぞ」

と、三上が念押しして、副総監が、どうやって資料を入手したのかを、話し始めた。

副総監は、泣き落とし戦術に出たらしい。

来年の春には、定年退官となる。そうすれば、手記を自由に見ることができるのは、分かっている。しかし、殺人事件は、現に起きてしまった。もしかしたら、犯行の動機が分かるかもしれない資料があるのに、半年、待ってほしいと、副総監の自分が、現場の捜査官に、どの面を下げて、いえるのか？　自分の警視庁での経歴の、最後の最後に、大きな汚点を残すことになる。息子に汚点をつけさせて、それでもいいのか？　生きている息子の、これからの人生を、台無しにしても、遺言を守るというのか？　死んだ父親の遺言を、たったの半年、早めるだけではないか。そう、副総監は、言い募ったらしい。

「母と子なんて、いつまで経っても、母と子だな。そこまでいわれて、戸田みゆきさんは、折れるしかなかった。ただし、副総監も、お母さまの心情を考えて、資料は自分一人が読む、そして今回の事件に関連する箇所だけ、コピーして、捜査官に渡す、と約束されたんだ。それがこれだ」

三上が差し出した封筒を、十津川は、うやうやしく受け取った。

十津川が、どうしても、欲しかったのは、戦争中、海軍の軍令部から九州の海軍部隊に、出された命令書だった。

その命令書も、きれいに整理して、仕舞ってあった。

命令書の一行目には、

「上意下達は、日本海軍の伝統である」

と、書かれてあった。

上意下達とは、上からの命令に対して、下は異議を口にしない。どんな命令であっても、それを遵守する。

それが日本の場合、陸軍も海軍も同じだったが、特に海軍の場合は、上からの命令に対して、下から異議を唱えることは、まず、あり得なかったといわれているのだ。

その最高命令機関は、陸軍ならば、参謀本部、海軍ならば、軍令部である。

日本の軍隊は、ほかの国の軍隊とは、少しばかり、命令系統が違っていた。多くの軍隊は、命令系統は一つだけだが、日本には、命令系統が二つあった。

その一つが統帥部である。

何よりも尊ばねばならない「軍人勅諭」には、

「兵馬の大権は朕(ちん)が統(す)ぶる所なれば」

と書かれている。

つまり、日本の軍隊は天皇の軍隊であって、ほかの大臣などからの命令には従う必要はないと考えられていた。何よりも天皇の命令に従うのである。

一応、陸軍省と海軍省とがあって、予算のほうは、陸軍省と、海軍省が要求するのだが、命令系統は、天皇直属の軍隊なので、総理大臣はもとより、陸軍大臣、海軍大臣よりも、天皇の命令のほうが優先する。

それが、陸軍の場合は参謀総長、海軍の場合は、軍令部総長であり、その両方が幕僚長とされた天皇の本営を、大本営といった。

太平洋戦争中には、このことが、時に間違いを犯すことになった。陸軍省と海軍省という、それぞれの、命令系統があるのに、大本営という、別の命令系統があって、それらの命令系統が、絡み合った結果として、厄介(やっかい)な問題を引き起こすことが少なくなかったからである。

戦争末期、八人のアメリカ兵たちに対して、無差別爆撃の罪で死刑の判決を下した、軍事裁判を命令したのは、はたして海軍の軍令部だったのか、それとも、九州の海軍部隊だったのか、そこが大きな問題だと、十津川は、考えていた。

太平洋戦争中、陸軍でも海軍でも、似たような問題が起きていたことを、十津川は、知っていた。

例えば、海軍には、潜水艦隊があったが、この潜水艦隊に対して、敵の商船を沈めた時は、浮上して、その商船の乗組員たちを、一人残らず、殺すことが命じられていた。

武器を持たず、しかも無防備、無抵抗の船員たちを、はたして、殺してもいいものかどうか？　潜水艦を、浮上させてまで、民間人を、わざわざ殺すというのは、犯罪ではないか？

それが、問題になったことがあった。その時の第一の問題は、その命令を、どこが出したかだった。普通の国なら、命令系統は一つだから、海軍大臣になる。しかし、日本の場合は、もう一つの命令系統があるのだ。小原勝利の場合も、それと似たような問題だったのではないか。

問題の事件について書かれたものを調べていくと、見つかったのは、たった二、三行だけ書いてあったメモのようなものだった。

そこには、

「八人のB29搭乗員に対して、軍事法廷で小原裁判長は死刑の宣告をした。この死刑は、ただちに執行された」

と、書いてあった。

それだけであった。他の資料も探してみたが、アメリカ兵捕虜の裁判に、言及している手記は、残されていなかった。

副総監が、意図して、父親に不都合な部分は、コピーしなかった、とは考えられなかった。そうするつもりなら、はじめから、母親を説得することも、なかっただろうし、実際は資料を入手していても、母親に拒絶されて、手に入れられなかった、といえばいいのだ。

十津川は、この素っ気ない手記に、かえって引っかかるものを感じた。黙して語らずの、強固な意志が、伝わってくるような気がした。

第七章　一つの遺書

1

十津川は、もう一度、小原勝利が受けた裁判について調べ直してみることにした。

日本側にもアメリカ側にも、当時の記録が残っていた。

日本側から見れば、それは戦後の事件ということになる。ただし、その原因になったB29のアメリカ兵八人に対する福岡での裁判は、戦時中の海軍の軍事裁判である。

したがって、その時の記録は、海軍省関係の資料の中に残されていたが、それは、十津川が、満足できるほどの量でも内容でもなかった。

戦後日本に進駐してきたアメリカ側が、この事件を元にして、八人のアメリカ兵に死刑の判決を下した小原勝利と、死刑を実行した三人の元海軍の下士官を逮捕し、裁判が実施された。その結果、小原勝利には死刑、実行犯三人に対しては、無罪がいい渡された。

問題は、日本側の資料である。裁判が行われたあと、海軍省は、第二復員省になっていたが、それにしても、当時の資料が、ほとんど残っていないのである。

資料の題名は「福岡事件裁判記録」となっている。

しかし、その資料に目を通してみて、十津川は、ガッカリした。そこには、あまりにも簡単な記述しか、残っていなかったからである。

「アメリカ側によって行われた軍事法廷で裁かれた日本側の被告は、福岡捕虜収容所所長、そして裁判長として、八人のアメリカ兵に対して死刑の判決を下した小原勝利元海軍大尉、その判決に基づいて実際に死刑を実行した元海軍下士官三人である。

そして、小原勝利に対して、アメリカ側は死刑判決を下したが、小原は、拘置所から逃亡した。

一方、三人の下士官については、上司であった小原勝利の命令によって行ったものであり、命令を拒否すれば、軍事裁判にかけられたであろうという、小原勝利の証言もあって、無罪となった」

たったこれだけである。

おそらく、元の資料は、もっと、詳しく長いものだったに違いない。

しかし、アメリカ側が、小原勝利に死刑を宣告した後、小原本人が、逃亡してしまったために、日本側としては、卑怯者と思われる、あるいは、恥ずかしい記録として残されたくないという、そんな気持ちが働いて、簡単な記録に改訂されてしまったのだろう。

この簡単な資料では、アメリカの判事に対して、死刑の判決を受けた小原勝利が、いったい、どんな抗議をしたのか、あるいは、抗議をすることもなく逃亡してしまったのか、その点も、はっきりしないのである。

また、小原の同僚の元海軍士官や先輩たちが、どうして、同じ海軍の士官の小原勝利に対して、卑怯者とか、光輝ある日本海軍にとっての恥さらしといったような、そんな悪口をいったのかも分からなかった。

そこで、十津川は、アメリカ側の資料を取り寄せ、もう一度、じっくり、読み直すことにした。

2

アメリカ側の場合は、入手した資料によると「軍事裁判第一〇一法廷（ポツダム宣言による裁判）」となっている。

たしかに、日本が受諾したポツダム宣言の中に、連合国の捕虜に対する日本側の扱いに対しては、厳しく対応して、捕虜虐待などの罪があれば、絶対に許さないとあるから、この裁判の場合にも「ポツダム宣言による裁判」と、はっきり明記されているのだろう。

この軍事裁判第一〇一法廷の序文には、戦争中の日本海軍が、九州の福岡において、アメリカ軍のB29の乗員八人を裁判にかけ、市民に対する無差別爆撃の罪によって、八人全員に死刑を宣告し、ただちに処刑したと書かれている。それに対する報復裁判であるということを、はっきりと示していた。

アメリカの軍事法廷らしく、裁判長、検事、弁護士が揃っている。

裁判自体の記録は、こうなっていた。

「まず最初に、アメリカ兵八人を実際に銃殺した実行犯、三人の下士官に対しては、その残忍さによって全員に死刑が求刑されている。

しかし、弁護側から、この下士官三人は、自分自身の意思で八人のアメリカ兵を銃殺したのではなく、当時、福岡の捕虜収容所の所長であり、裁判長を務めた小原勝利の命令によって、銃殺を行ったものであるという事実が示された。

当時、日本の軍隊では、もし、上官からの命令に従わなかった場合、その本人が死刑になってしまう。

したがって、三人の下士官は、自分たちの判断ではなくて、上官だった小原勝利の命令によって、仕方なく死刑を実行したものであると、弁護側は、主張した。

その弁護が、効いたのか、裁判長が、被告席にいた小原勝利に向かって、今の弁護人の弁護について肯定するか、あるいは、否定するかを確認した。

すると、小原勝利は、アメリカ兵八人の処刑は間違いなく、三人の下士官に対して、自分が命令したものであって、下士官たちが、自らの判断で処刑したものではない。

したがって、三人には、責任はないと証言した。

「この小原勝利の証言によって、三人の下士官は、無罪とされた」

そこまで読んで、十津川は、無罪になった下士官の一人、野々宮聡軍曹の遺児である、野々宮利夫の話を、思い出していた。

野々宮利夫も、亡父の話として、小原が全面的に、部下たちの弁護に努めた、といっていた。小原の態度は、立派なものだったといっていい。

それにもかかわらず、裁判の後で、元海軍兵学校の同僚先輩が、小原勝利に対して、日本海軍の伝統を汚すものだとか、卑怯者だとかいって、小原勝利のことを、罵倒しているのは、不思議だった。

小原勝利が、彼の証言によって、三人の元下士官を死刑から救った、そのことに対して、海軍兵学校の同志や、あるいは、先輩たちが、小原勝利を罵倒しているのではないと、十津川は、判断した。

問題となってくるのは、やはり、アメリカ側の裁判長の判決が、どうだったかということだろう。

小原勝利も、何者かに刺されて亡くなる寸前、一言「ジャッジメント」という言葉をいい残している。これを、小原勝利が、自分自身に下された判決に対しての言葉と考えると、やはり、アメリカ側の判決に何か問題があったのではないかと、十津川は思わざるを得なかった。

記録によれば、三人の下士官たちに対する判決が下されたあと、裁判長は、主犯である小原勝利元海軍大尉に対する判決に移っている。

判決の主文は、死刑である。

判決理由については、捕虜は、ジュネーブ条約によって、守られるべきものであり、昭和二十年に、被告・小原勝利元海軍大尉が裁判長となって、開かれた裁判は、その条約をまったく無視したものであるといわざるを得ない。

無差別爆撃による市民の死を、アメリカ側のB29の乗員の責任だとしているが、もともと、無差別爆撃というものは、日本海軍が中国の重慶（じゅうけい）に対して行った爆撃が、その最初である。

したがって、もし、都市に対する無差別爆撃が死刑に値（あたい）するほどの重罪であるというのであれば、真っ先に、日本海軍の責任者が処罰されるべきだと書き記（しる）している。

当然、死刑の求刑に対して、弁護側が反論している。それは、被告の小原勝利自身の反論のはずでもある。

十津川は、どんな反論を展開したのか、それを知りたかった。

それは、十津川にとっても意外なものであった。

3

「もともと、昭和二十年に行われた、いわゆる福岡裁判は、福岡の捕虜収容所にいたアメリカ軍のB29の八人の乗員に対する軍事裁判のことである。

この軍事裁判は、当時、その福岡捕虜収容所の所長をやっていた小原勝利元大尉が計画し、実行したものではない。正確にいえば、その一カ月前に、海軍の中央、つまり、大本営海軍軍令部からの命令により、B29の爆撃によって人心が恐怖に襲われ、敵がい心が、消えてしまうのを問題視した結果、B29の乗員八人を裁判にかけて処刑し、国民の士気を鼓舞するために行われたものである。

たまたま、被告人の、小原勝利元海軍大尉が所長をやっていた、福岡捕虜収容所に、アメリカ軍のB29の乗員八人が収容されていたので、急遽、彼を、裁判長として実行されたものである。

日本国民の戦意高揚を目的とした裁判であるとする命令書が、海軍軍令部から、この裁判を起こした小原勝利、当時、海軍大尉に、対して届けられていた。

　当時の日本軍、特に、海軍においては、上意下達、つまり上からの命令には下は逆らわぬことを旨としていたので、収容所長になっていた小原勝利には、軍令部の意向に反対することは不可能だった。

　したがって、八人のアメリカ兵に対して、死刑の判決が下ることは、すでに予定されていたことであり、それ以外の判決を下すことは、地方の捕虜収容所の所長でしかなかった小原勝利には、絶対に不可能なことであった。

　即ち、小原勝利が下した判決は、彼自身の意思ではなくて、海軍中央の命令によるものであった。命令を伝えたのは、軍令部の第二課長、戸田栄太郎である。

　最大の責任は、B29の乗員八人を死刑にすることによって、国民の戦意を高揚させようと画策した海軍軍令部にあると、再度、反論した」

これが、死刑を求刑された小原元海軍大尉本人と、弁護側が訴えた反論だった。

そこで、法廷に、海軍軍令部第二課長の戸田栄太郎が呼ばれて、証言している。

戸田栄太郎の証言は、次のように書かれていた。

「昭和二十年当時、海軍軍令部では、福岡捕虜収容所に収容されているB29のアメリカ兵八人に対して、何の罪も問う考えは持っていなかった。

軍事裁判にかけて、この八人を処刑し、それによって日本国民の戦意を鼓舞しようなどと考えた者は、軍令部には誰一人としていなかった。

問題の軍事裁判は、あくまでも、当時の福岡にあった海軍の地方部隊が、地元の国民の士気を、鼓舞しようと考えて実行したものであり、海軍軍令部とは何の関係もないところで、すべて、裁判長の小原元海軍大尉と下士官三人が計画し、実行したものである。

したがって、この裁判によって、アメリカ兵八人全員が死刑になったことは、裁判の実行者、小原勝利元海軍大尉個人の責任であり、海軍軍令部には、何の責任もない」

と、戸田栄太郎は、証言している。

そこで、裁判長が、戸田栄太郎に、こう質問している。

「被告人の小原勝利と、弁護人は、昭和二十年に海軍軍令部から、福岡に送られてきた裁判の命令書が、存在すると主張している。われわれは、その命令書を、確認している。

したがって、この法廷では、福岡での裁判は、すべて、海軍軍令部の命令によって行われたものであると考えるのが妥当だと思うが、その点、あなたは、どのように、考えているのか？」

それに対して、戸田栄太郎元軍令部第二課長の反論は、こうである。

「その命令書は、明らかに偽造されたものである。小原勝利元海軍大尉が、自らを助けようとして作り上げた、ニセの命令書である。

少なくとも私は、そのようなものを見た覚えはないし、小原勝利に届けたこともない」

4

小原と戸田栄太郎は、真っ向から対決していた。小原は、戸田栄太郎の証言を、くつがえさせるために、戦後ずっと、戸田を追っていたのだろうか？

裁判では、命令書の真贋（しんがん）をめぐって、争っている。

命令書が、ニセモノだと証言したのは、戸田栄太郎軍令部第二課長一人だけではなかった。

当時まだ存命だった、海軍軍令部の幹部たちは、一人残らず、問題の命令書は、まったくの、ニセモノであり、小原勝利が、自らを助けようとして偽造したものであると、証言していた。

その結果、小原勝利の死刑が確定してしまった。

その後、小原勝利は、下士官三名の力を借りて拘置所を脱走し、逃亡するのである。

アメリカ側の第一〇一法廷の資料には、さまざまな添書がついていた。小原勝利に逃亡されて、アメリカ側としては、よほど悔しかったのだろう。

さまざまな添付資料の中には、小原勝利の弁護を引き受けたアメリカの海軍士官の証言も残っていた。

「この裁判では、被告人の小原勝利元日本海軍大尉が、死刑の判決を受けた直後に逃亡してしまい、アメリカの軍事裁判の中では、大きな汚点となっているが、私は、小原勝利の弁護を引き受けていて、それ以上に不思議なことを、数多く経験した。

その第一は、小原勝利の同僚や先輩たち、すなわち、日本海軍のエリートたちの、小原勝利に対する態度である。

アメリカ人的な考えをすれば、敵国の判決を受けた日本人が逃亡してしまったのだから、大いに溜飲(りゅういん)を下げ、祝杯をあげるだろう。ハリウッドは、彼を主人公にした逃亡劇を作っているに違いない。

ところが、日本人の同僚や先輩は、小原勝利の態度に対して、非難を加え、時には、日本の恥であるといったような、強い口調のものまで見られるのだ。

最初、私には、その理由が、よく分からなかった。彼が逃亡したこと自体が日本海軍の恥だというのかと思ったのだが、どうやら、これは、違うようである。

それなら、戦争中、小原勝利が日本軍の軍事法廷で、八人のアメリカ兵に対して、死刑の判決を、下したことがいけなかったのか？

しかし、小原勝利は、次のように証言している。『アメリカ兵八人に対する裁判を、早期に開くよう、命令を下したのは、日本海軍の中央、海軍軍令部であった。その命令には、アメリカ兵八人に、死刑を宣告することも、含まれていた。

私個人としては、法に照らして、懲役刑が適当だと判断し、その意向を、戸田栄太郎軍令部第二課長に具申したが、死刑判決とするよう、重ねて命令を受けた』」

ここまで読んできて、十津川は、気づいたことがあった。

軍令部の命令書が、ホンモノか、あるいはニセモノかで対決したのは、アメリカ軍の裁判でのことである。つまり、戦後の出来事である。

ところが小原は、すでに戦時中に、アメリカ兵の量刑について、戸田軍令部第二課長と、意見が対立しているのである。そして、戸田課長は、軍令部命令の名のもとに、小原の意向を封じ込めている。

小原のいう「汚名」の淵源は、そのあたりにあったのだろうか？

十津川は、その先を読んだ。

「そこで私は、逃亡幇助の罪で、マニラ刑務所に服役している、三人の下士官、小原勝利の元部下だった三人に面会し、この疑問について質してみた。

彼ら三人の答えは、明快だった。

日本軍、それは、日本陸軍でも日本海軍でも、命令系統が、二つあるということだった。どうして、命令系統が二つあるのかといえば、日本の軍隊はすべて、天皇の軍隊だからである。そして、日本の軍隊は形として、天皇が統率しているのだ。

　従って一つの命令系統は、天皇から直接、海軍と陸軍の中央に命令が下される。その中央が、大本営である。

　大本営の中には陸軍部と海軍部があり、形の上では、いずれも、天皇に直結している。

　もう一つの命令系統には、陸軍省と海軍省があり、もし、この二つの命令系統で問題が起きた時は、天皇に直結する、陸軍の参謀本部と海軍の軍令部の命令が優先する。

　さらに、陸軍でも海軍でも、中央が強大なことである。

　そして、日本の軍隊の、最大の特徴は、上意下達である。

　もちろん、どの国の軍隊も、上意下達の組織原則によっている。戦闘行為のさなかに、命令系統が貫徹されなければ、軍隊は機能しない。ところが日本では、平時における、戦略や戦術の立案過程においても、上官に対する反対意見は、封殺されてしまうのである。

つまり、上からの命令に対して、下が、それに逆らってはならない。いい換えれば、中央の命令に対して、地方が逆らってはならない。それが、上意下達ということである。

多くの重要な命令は中央、つまり、天皇直属の大本営で作られる。

大本営の陸軍参謀本部や、海軍軍令部には、海軍でいえば海軍兵学校から大学校を、優秀な成績で卒業した者が、軍令部に集まって、作戦計画を立て、それを地方に実行させる。昭和二十年の軍事法廷も、その一つだったと、三人の下士官は、私に、いった。

昭和二十年に入ると、アメリカのＢ29の爆撃がいちだんと激しくなり、日本の大都市をはじめ、地方都市までが爆撃を、受けて、国民の戦意が低下していった。

反戦運動の動きも出てくるようになって、海軍の中央、つまり軍令部では、この際、Ｂ29のアメリカ兵八人が、九州で捕虜になっているので、この八人を、処刑して、国民の士気を鼓舞しようと考えた。

そこで、海軍軍令部は、当時、九州の福岡捕虜収容所にいたアメリカ兵八人を裁判にかけ、処刑してしまおうと考え、それを中央から九州の地方に対して命令したのである。

軍令部からの命令は絶対である。

命令に従って、九州の福岡で軍事法廷を開き、捕虜収容所の所長だった小原勝利、当時、海軍大尉を裁判長にし、軍事裁判を行った。

八人のアメリカ兵に対して死刑を宣告し、ただちに処刑することは、すでに、中央からの命令によって決まっていたのである。

小原勝利は、裁判長ではあったが、そうした中央からの命令に対しては、逆らうことはできない。

そこで、死刑の命令を下し、それを実行したが、それはすべて、彼の意思というよりも、軍令部の意思であり、それを伝達したのは、軍令部第二課の課長である。

こうした問題は、日本が敗れたために、ところどころで起きていた。

海軍、あるいは陸軍の中央、大本営からの命令によって、地方の師団長や連隊長がアメリカ兵たちを処刑した場合、日本が敗北したために問題になってしまった。

地方の師団長や連隊長、あるいは、今回のような地方の捕虜収容所の所長などは、中央の命令に従ったのだと主張するようになったのである。

小原の部下だった三人の下士官は、異口同音に、小原勝利さんの主張は、全面的に正しいと私にいった。

しかし、それを、海軍軍令部が認めてしまうと、何しろ、海軍の軍令部や陸軍の参謀本部というのは、天皇の直属である。

したがって、軍令部の責任ということが、天皇の責任ということになりかねない。

日本の軍人であれば、自分のところで問題を止めて、天皇に責任が及ぶことのないようにするのが、務めである。

それなのに、小原勝利は、自分の命惜しさに、その掟を破って、海軍の中央、ひいては、天皇にまで責任が、及ぶような真似をした。

そこで、小原勝利と同班の海軍兵学校の出身者や先輩たちは、そんな彼に対して、伝統ある海軍の歴史に、傷をつけるものだとか、面汚しだといった非難を一斉に浴びせるようになったのだと、三人の下士官は、私に、いったのだ。

この三人の証言によって、私は、小原勝利という、二十代の若い元海軍士官が、置かれた立場というものを、やっと、理解することができるようになった。

小原勝利は、伝統ある日本海軍の歴史を、汚してしまったのである。

私は、戦後になって、『不可思議な一〇一法廷の謎』と題して、小原勝利元日本海軍大尉の問題についての本を、書いた。

残念ながら、私の書いた本は、注目を浴びるまでには至らなかった。

ただ、逃亡していた、小原勝利からの手紙が、私のアメリカの住所に、届いたことがあった。

私はすぐ、その手紙に書かれてあった住所に、返信を送り、彼と連絡を取った。そして、

『ぜひ、あなたに、お会いしたい。お会いしてお話を、お聞きしたい。三人の下士官という証人もいるのだから、あなたは、自分の主張を堂々と、話せばいい。そして、それを発表するべきだ』

と、私は、書いた。

返事は、来なかった。

その代わりに、小原勝利自身が、ある日突然、私の、アメリカの法律事務所に電話してきた。

その時、私が聞きたかったのは、

『今、あなたが、いちばん、望んでいるのは、どんなことか？』

ということだった。

すると、小原勝利は、こう答えた。

『元の上司、できれば、元海軍軍令部の部長か、あるいは、第二課長に、証言をしてもらいたい。戦争末期、アメリカ兵八人に対して裁判を行い、処刑するように命令したのは、海軍軍令部であり、命令書を持ってきて、私に、それを伝えたのは、軍令部第二課長であった。その事実を証言してもらえれば、私にとって、それが、唯一の救いになる。私の願いは、それだけだ』

と、小原勝利はいったのだが、その後、彼とは、一切の連絡が、取れなくなってしまった。

私は、何とかして、彼の行方を突き止めようとして、いろいろと手を尽くしたのだが、結局、彼を捜し出すことはできなかった」

5

小原勝利の弁護人であった、アメリカの海軍士官の証言は、そこで終わっていた。

十津川には、どこか納得のいかない、思いが残った。

アメリカの海軍士官の証言自体は、理路整然としている。論理の矛盾（むじゅん）は、見つからない。しかし、小原勝利殺人事件を、解明するものとは、なっていないのである。

裁判では、小原も戸田も、自己の言い分を貫き、その内容は、公（おおやけ）の記録として、残されている。だからその限りにおいては、決着しているのである。

小原は、戸田を追い詰めて、何をしようとしたのか？　命令書の真贋など、水掛け論に終始するだけである。まして、戸田栄太郎は、二十年前に、死亡しているのである。

小原が詰め寄る相手は、もうこの世にはいない。犯人も、小原など、放っておけばよかったのだ。わざわざ殺す必要など、どこにもなかったはずだ。

この弁護役を、引き受けたアメリカ人も、すでに、亡くなっていて、直接会って話を聞くというわけには、いかなかった。

そこで、戦時中の日本の軍隊について、研究している大学の准教授に会って、この問題について、話を聞くことにした。

その大学の准教授が、住んでいる神奈川県の平塚（ひらつか）に、十津川は、訪ねていった。

准教授は、福岡の捕虜収容所での裁判も、戦後のアメリカ軍による裁判についても、詳しかった。

「小原さんを弁護した、アメリカ人の弁護人は、日本独特の、上意下達の伝統というものに、触れていました。他の国とは、違っていたのですね？」

「日本が敗北したために、その欠点がモロに出てしまいましたね。特に、日本軍では、天皇の軍隊ということを、誇りにしていて、あまりにも強く、そのことを意識しすぎました。戦争中、天皇の存在は、絶対でしたからね。海軍が最初に、航空特攻をやって、それに倣って、陸軍も航空特攻を始めたのですが、本来なら、特攻という戦術は、それまでの戦術とは、大きく変わっているので、天皇に報告しなければならないのですよ。ところが、陸軍の航空特攻の親といわれる阿南惟幾陸軍大将は、どうしても、天皇に奏上することができなかったといわれています」

「ほう。現代の日本人の成人なら、特攻という言葉を知らない人は、いないでしょう。当時の国民だって、知っていたでしょう」

十津川には、意外な話だった。

「いえ、もちろん、天皇も、ご存じだったでしょう。ここでいう奏上とは、大元帥、つまり天皇に、正式に報告するということです。阿南大将自身が、特攻は、日本の若い兵士たちが、神になった行為だが、戦術としては外道であるから、それについて、天皇に奏上することが、どうしてもできなかったと、いっています。そのため、陸軍の航空特攻では、二千人を超す若者が死んでいるのですが、すべて、志願ということになっているのです。命令を出すためには、天皇の許可が必要なのです。したがって、形としては命令ではなくて、あくまでも志願ということに、なっているのです。ですから、同じように考えれば、小原勝利さんの件もよく分かりますよ。捕虜になっているアメリカ兵八人を、裁判にかけて処刑するようなことは、地方の判断では、まず、絶対にできないことなんです。中央の指示が必要です。ですから、当時の日本の軍隊組織を知っていれば、この軍事裁判は、海軍軍令部の命令で行われ、処刑されたということが、分かるんですよ。ただ、今回のように日本が敗北して、アメリカ軍によって裁判が開かれるということになると、問題になってしまうのです。小原さん個人としては中央の命令で、アメリカ兵を、処刑したと主張しますよ。自分自身が望んで、アメリカ兵を裁判にかけて処刑したかったわけではない。軍令部の命令があったので、仕方なく裁判をして処刑したものだ。たしかに、自分も、責任の一半を負っている。しかし、もっと大きな責任を負うべき者がいると、小原さんが、主張するのは、当然なのです」

「しかし、そうした主張は、日本の軍隊では通用しなかったわけですね？」

「その通りです」

「だとすれば、責任の所在を追及しながら、逃亡してしまった小原勝利さんの存在は、元海軍軍令部のエリートたちにとっては、頭の痛い、困った問題に、なっていたのではないかと思いますね。自分たちの上には、天皇がいますから、どうして、天皇を傷つけるようなことをするのかといって、彼らは、小原勝利さんに怒った」

「当然でしょうね」

「その軍令部の命令を、小原勝利さんに、伝えたのは、海軍兵学校の先輩でもあった、海軍軍令部第二課の課長だったのです。その課長でさえも、証人として出廷すると、悪いのは軍令部ではなく、小原勝利さん個人だと、平気でウソをついているのです。この課長は、戦後はどこかに、姿を隠してしまい、小原勝利さんに、会おうとは、決してしませんでした。戦争が終わったあとでも、そうした意識は軍隊、特に、海軍の中には、根強く残っていたのでしょうか？」

と、十津川が、きいた。

「もちろん、残っていたでしょうね。何しろ、天皇の軍隊、栄光の、帝国海軍です。それに、海軍兵学校、大学校、軍令部となると、彼の青春、いや人生そのものですからね。今、十津川さんがいわれたように、中央から命令や指示が出て、地方は、それを、忠実に実行しただけなのに、後になって、それが大問題になり、海軍軍令部は、海軍の伝統や栄光を守ろうとして、自分たちが命令したことを一切認めず、地方が勝手にやったことだと主張する。そうした例は、いくつかありますよ」

と、准教授が、いった。

「しかし、それは、間違っているわけでしょう？」

「栄光や歴史というものは、間違っているか、いないかは、それほど、問題ではないのです。それを、組織が、いかに、守ろうとしているか、その強さが問題なんです。海軍軍令部に集まっていたのは、海軍兵学校を優秀な成績で卒業して、海軍大学校も一番二番で卒業した、いわばエリートたちだったわけです。彼らが守ろうとするのは、日本海軍の栄光と歴史です。だから、時には、海軍あって国家なしといわれたりするのです。そのために、自分たちは、天皇の直属であると考える。そうなると、その栄光と、歴史、伝統は、簡単には捨てられないのですよ」

と、准教授が、いった。

6

十津川は、平塚から帰ってくる時、少しばかり憂鬱だった。

小原勝利を殺した人間も、おそらく、あの大学の准教授が、いっていたように、海軍の意思を日本の意思と、確信し、それを忠実に守り、頑なに信じてきた。そんな人間の一人に違いない。

事件発生から、三カ月余が経っていた。海兵のOBたちにも、等しく、時日は過ぎていくのだろう。もう誰もが、九十歳を超えるようになった。二年後のOB会が開催されるかどうかは、微妙なところだった。

小原勝利殺害犯人が、海兵OBだとすれば、そんなに高齢になっても、人を殺めなければならない執念とは、いったい、どのようなものなのだろうか?

小原の生涯は、十津川から見れば、無残だったとしか、いいようがない。そして、小原を殺害した犯人の人生も、同じように、無残に思えた。旧海軍の幻の栄光に巣くう、亡者なのではあるまいか。

早晩、犯人は、人生の終わりを迎えるだろう。その時、犯行を告白して、この世を去るのだろうか？　それとも、なんの証言や弁明もせず、去るのだろうか？
犯人追跡を、諦めたわけではないが、九十歳を過ぎた容疑者を、思い浮かべると、気が重かった。

年が明けてから、突然、この殺人事件が、解決した。いや、解決したように、見えた。

京都に住んでいる香川雅之という人間から、捜査本部の十津川に、電話が入ったのである。

十津川が、電話に出ると、

「亡くなった父について、お話ししたいことがある」

と、香川は、いった。

「どういうことでしょうか？」

十津川は、ある種の予感に襲われて、聞き返した。

「父が遺書を残していました。その内容が尋常なものでなく、警視庁でお調べになっていることと、関わりがあるようなのです」

「お父さんのお歳は？」

「九十七でした」

「経歴については？」

「平凡なサラリーマン生活を送り、定年後は、旅行や趣味の会で、楽しんでいました」

「戦争には、行かれましたか？」

「はい。海軍兵学校の出身で、海軍軍人でした」

「その遺書というのは、海軍と関わる内容ですか？」

「そのとおりです。しかし、詳しいことは、電話では話せません。申し訳ありませんが、京都まで来ていただくわけにはいきませんか？」

「今からすぐ、そちらに伺います」

そういって、十津川は、香川の住所、電話番号を確認し、待ち合わせる時刻と場所を決めると、亀井と二人、東京駅から新幹線に乗った。

7

香川雅之という、六十五歳の男とは、京都駅の構内のホテルの一室で、会うことになっていた。

香川は、十津川たちに会うとすぐ、亡くなった父親の写真を取り出して、十津川たちに見せた。

それは、いかにも、古めかしい黄ばんだものであったが、間違いなく、日本海軍士官の正装をした男の写真だった。

「私の父は、先日、九十七歳で亡くなりましたが、その時、父の書斎から、この遺書が、見つかったのです」

香川が差し出した遺書は、墨で書かれた分厚いものだった。

「私は、人を殺している」

その言葉で、遺書は始まっていた。

「私は、人を殺している。

このことは秘密にして絶対に他言せず、地獄の底まで持っていこうと思っていたが、やはり、そういうわけにはいかないという気持ちになった。書かざるを得ないのだ。

したがって、この遺書は、お前が読んで、焼いてしまいたいと思えば、焼いてしまえばいいし、もし、警察に、持っていきたいと思えば、持っていけばいい。お前が好きなようにすればいい。私は、そのつもりで、この遺書を書く。

戦争の末期、九州の福岡で、ある軍事裁判が行われ、B29の乗員八人を、処刑するという大きな事件があった。

日本の敗北で、戦争が終わり、進駐してきたアメリカ軍によって、今度は、その時の裁判長を務めた、小原勝利元海軍大尉と、実際の処刑に当たった三人の下士官が、法廷で裁かれることになった。

その結果、小原勝利には死刑が宣告され、下士官三人には、当初、死刑が求刑されたが、その後、無罪となった。

ところが、突然小原勝利が、裁判の直後に、逃亡したのである。

小原勝利は、裁判中からずっと、責任は軍令部にもあると、主張し続けていた。

アメリカ兵八人を、処刑したのは、自分自身の意思ではなく、海軍の中央、すなわち、海軍軍令部の命令によるもので、自分は、それに、従った。その命令は、軍令部第二課の戸田栄太郎課長が、持ってきた命令書によるものだと主張したのである。

その命令書は、今も自分の手元に存在するから、命令を出したのが、軍令部であることは、明白であり、したがって、軍令部に、より大きな責任がある。

小原勝利は、このように裁判で主張し、その主張が受け入れられないとなるや、逃亡してしまったのである。

こうした小原勝利の手前勝手な行為に対して、海軍軍令部の部長や、戸田栄太郎課長たちは全員で、小原勝利の行為を非難した。

日本海軍のモットーは、上意下達である。中央の命令には、絶対に、服従しなければならない。その伝統と歴史を忘れて反対し、ひたすら保身に走ったうえ逃亡した小原勝利は、非難されて当然である。

今のお前たちには、おそらく、理解できないだろう。

しかし、これが帝国海軍の栄光であり、歴史なのだ。

逃亡を続けた小原勝利は、自分に命令書を持ってきた戸田栄太郎課長を、見つけ出そうとしていた。

しかし、戸田栄太郎課長は、小原勝利とは、一度も会うことはなく、二十年前に、ひっそりと亡くなった。

ところが、どこで聞き込んできたのか、小原は六年前に、戸田栄太郎夫妻が住んでいた、群馬県の千平駅近くに現れた。戸田夫人も、二十年前に、東京に引っ越されていたので、小原は、夫人の住所を知ることが、できなかったらしい。

今年の五月末ごろ、突然、小原から私に電話があった。小原が、海兵ＯＢに連絡してきたのは、十六年前のＯＢ会以来だっただろう。小原も高齢のため、焦っているのだと思った。

小原は、交換条件を出してきた。実は、軍令部の命令書は二通あった。一通は、課長の戸田が、控えとして残し、もう一通は、小原が隠し持っていた。そこには、戸田栄太郎課長の、直筆の裏書きがあり、軍令部が責任をとる、という一筆がある。小原が、戸田に迫って、書かせたのだという。

私は、ウソだ、そんなものがあるなら、とっくに裁判に提出しているはずだ、といった。すると小原は、自分が告発するのでは、意味がない。組織の責任者みずからが証言し、責任をとる体制を確立しなければ、自浄力のある組織改革は、できないのだといった。

そして、その命令書と、戸田課長の遺族が保管しているはずの、戸田栄太郎の手記を、交換する手はずを整えろ、といった。

私は、小原の言葉に、真実味を感じ、同時に、恐れた。猛烈に腹が立った。

お前も、栄光ある日本海軍の士官の一人ではないか？　それも、海軍兵学校を、卒業したエリートではないか？

その男が脅迫めいたことをいい、日本海軍の伝統を汚し続けるのか。

私には、そのことが、どうしても、許せなかった。

私は、戦後になって何回か、軍令部第二課の戸田栄太郎課長に会い、話もしている。

その時、戸田栄太郎課長は、自分のことを盛んに捜し回っている小原勝利について、彼は、日本海軍の歴史と名誉を傷つけていることに気づいていないと、なげいていた。

そのこともあったので私は、何とか小原勝利を説得しようと考え、万一に備えて短刀を持ち、上信電鉄の無人駅で、小原勝利に、会うことにした。

私たち以外には、誰も、降りる人も乗る人もいない小さな駅である。

その駅で私は、小原勝利を、説得しようとした。

私は、こういった。

私は、戦後時々、戸田栄太郎さんに会っている。彼だって、君のことを、不運だと思っている。

しかし、帝国海軍の、栄光ある歴史を守っていくためには、君には、自分が、アメリカ兵八人の処刑を、命令したと、主張してほしかったのだ。

君だって、帝国海軍の、人間なのだから、私たちの気持ちは、よく、分かるはずだ。

今からでも決して遅くはない。私の知り合いに新聞記者が、いるから、堂々と、自分の考えで、アメリカ兵を処刑したと話すべきだ。

戦争末期、アメリカ兵八人の処刑を命じたのは、あくまでも、自分自身の意思である。

そうすれば、伝統は守られ、海軍の先輩たちは、みんな喜ぶんだ。これで、帝国海軍の歴史には、何の傷もつかないで済む。

私は、誰もいない無人駅で、小原勝利を、説得し続けた。

しかし、小原勝利は、最後の最後まで自分の主張を変えようとはしなかった。

私は決心し、駅のホームで、小原勝利を刺した。

そのあと、小原の車を運転して、小原の自宅に行き、家探(やさが)しをした。だが問題の、もう一通の軍令部からの命令書は、見つからなかった。

私は、小原はウソをいってなかった、と思っている。もう一通の命令書は、今もどこかに眠っているのだろう。それだけが、心残りだ。

これがすべてである」

十津川が、その遺書を読み終わると、香川雅之は、黙って帰っていった。

太田元大尉がいっていた、戦時中の「許せないこと」とは、軍令部からの命令書に、裏書きを強要したことを指すのだろうか？　海兵の歴史にはなかった、行為に違いない。しかし、なぜ戸田課長は、裏書きなど書いたのか？　それがなければ、小原がアメリカ兵に、死刑判決を下すのを、拒否したからか？

すべては、謎のままだった。

小原は、アメリカ兵八人を、懲役刑に処するつもりでいた。それを無理やり、死刑の宣告をさせたのは、軍令部であった。しかし軍令部は責任を逃れ、小原一人が、死刑判決を受けた。海軍ＯＢたちがいう、上意下達の精神とは、保身を図る上層部にとって、都合のいい大義名分のように感じられた。

今、その遺書は、十津川の机の上に、置かれている。

本書は、徳間書店より二〇一五年十二月に新書判で、一七年八月に文庫判で刊行されました。作品に使われている時刻表など、鉄道の状況は刊行当時のものです。

なお、本作品はフィクションであり、実在の個人・団体などとは一切関係がありません。

一〇〇字書評

切り取り線

購買動機（新聞、雑誌名を記入するか、あるいは○をつけてください）

□（　　　　　　　　）の広告を見て	
□（　　　　　　　　）の書評を見て	
□ 知人のすすめで	□ タイトルに惹かれて
□ カバーが良かったから	□ 内容が面白そうだから
□ 好きな作家だから	□ 好きな分野の本だから

・最近、最も感銘を受けた作品名をお書き下さい

・あなたのお好きな作家名をお書き下さい

・その他、ご要望がありましたらお書き下さい

住所	〒				
氏名		職業		年齢	
Eメール	※携帯には配信できません		新刊情報等のメール配信を 希望する・しない		

この本の感想を、編集部までお寄せいただけたらありがたく存じます。今後の企画の参考にさせていただきます。Eメールでも結構です。

いただいた「一〇〇字書評」は、新聞・雑誌等に紹介させていただくことがあります。その場合はお礼として特製図書カードを差し上げます。

前ページの原稿用紙に書評をお書きの上、切り取り、左記までお送り下さい。宛先の住所は不要です。

なお、ご記入いただいたお名前、ご住所等は、書評紹介の事前了解、謝礼のお届けのためだけに利用し、そのほかの目的のために利用することはありません。

〒一〇一-八七〇一
祥伝社文庫編集長　清水寿明
電話　〇三（三二六五）二〇八〇

祥伝社ホームページの「ブックレビュー」からも、書き込めます。

www.shodensha.co.jp/bookreview

祥伝社文庫

無人駅と殺人と戦争

令和 5 年 3 月 20 日　初版第 1 刷発行

著　者　西村京太郎

発行者　辻　浩明

発行所　祥伝社

東京都千代田区神田神保町 3-3

〒 101-8701

電話　03（3265）2081（販売部）

電話　03（3265）2080（編集部）

電話　03（3265）3622（業務部）

www.shodensha.co.jp

印刷所　堀内印刷

製本所　ナショナル製本

カバーフォーマットデザイン　芥　陽子

Printed in Japan ©2023, Kyōtarō Nishimura　ISBN978-4-396-34876-2 C0193

祥伝社文庫の好評既刊

西村京太郎

伊良湖岬　プラスワンの犯罪

姿なきスナイパー・水沼の次なる標的とは？　十津川と亀井は、その足取りを追って、伊良湖――南紀白浜へ！

西村京太郎

狙われた男

秋葉京介探偵事務所

裏切りには容赦をせず、退屈な依頼は引き受けない――。そんな秋葉の探偵物語。表題作ほか全五話。

西村京太郎

十津川警部　哀しみの吾妻線

長野・静岡・東京で起こった事件の被害者は、みな吾妻線沿線の出身だった――偶然か？　十津川、上司と対立！

西村京太郎

十津川警部　姨捨駅の証人

亀井は姨捨駅で、ある男を目撃し驚愕した――（表題作より）。十津川警部が四つの難事件に挑む傑作推理集。

西村京太郎

萩・津和野・山口　殺人ライン

高杉晋作の幻想

出所した男の手帳には、六人の名前が書かれていた。警戒する捜査陣を嘲笑うように、相次いで殺人事件が！

西村京太郎

十津川警部　七十年後の殺人

二重国籍の老歴史学者。沈黙に秘められた大戦の闇とは？　時を超え、十津川警部の推理が閃く！

祥伝社文庫の好評既刊

西村京太郎　急行奥只見（おくただみ）殺人事件

新潟・浦佐から会津若松への沿線で連続殺人!?　十津川警部の前に、地元警察の厚い壁が……。

西村京太郎　私を殺しに来た男

十津川警部が、もっとも苦悩した事件とは？　ミステリー第一人者の多彩な魅力が満載の傑作集！

西村京太郎　十津川警部捜査行　恋と哀しみの北の大地

特急おおぞら、急行宗谷、青函連絡船――白い雪に真っ赤な血……旅情あふれる北海道ミステリー作品集！

西村京太郎　特急街道の殺人

謎の女『ミスM』を追え！　魅惑の特急が行き交った北陸本線。越前と富山高岡を結ぶ秘密！

西村京太郎　十津川警部　絹の遺産と上信（じょうしん）電鉄

西本刑事、世界遺産に死す！　捜査一課の若きエースが背負った秘密とは？　そして、慟哭の捜査の行方は？

西村京太郎　出雲（いずも）　殺意の一畑（いちばた）電車

駅長が、白昼、ホームで射殺される理由――山陰の旅情あふれる小さな私鉄で起きた事件に、十津川警部が挑む！

祥伝社文庫の好評既刊

西村京太郎
十津川警部捜査行 愛と殺意の伊豆踊り子ライン

亀井刑事に殺人容疑!? 十津川警部の右腕、絶体絶命！ 人気観光地を題材にしたミステリー作品集。

西村京太郎
火の国から愛と憎しみをこめて

JR最南端の西大山駅で三田村刑事が狙撃された！ 発端は女優殺人事件。十津川警部、最強最大の敵に激突！

西村京太郎
十津川警部 わが愛する犬吠（いぬぼう）の海

ダイイングメッセージは自分の名前!? 16年前の卒業旅行で男女4人に何が？ 十津川は哀切の真相を追って銚子へ！

西村京太郎
北軽井沢に消えた女
嬬恋（つまごい）とキャベツと死体

キャベツ畑に女の首!? 被害者宅には別の死体が！ 名門リゾート地を騙る謎の開発計画との関係は？

西村京太郎
十津川警部シリーズ
古都千年の殺人

京都市長に届いた景観改善要求の脅迫状——京人形に仕込まれた牙!? 十津川警部、無差別爆破予告犯を追え！

西村京太郎
十津川警部 予土（ローカル）線に殺意が走る

新幹線そっくりの列車、〝ホビートレイン〟が死を招く！ 宇和島の闘牛と海外の闘牛士を戦わせる男の闇とは？

祥伝社文庫の好評既刊

西村京太郎
十津川警部シリーズ
北陸新幹線ダブルの日

新幹線と特攻と殺人と――幻の軍用機、大戦末期の極秘作戦…。誰が開通の功労者を殺した？ 十津川、闇を追う！

西村京太郎
十津川と三人の男たち

〈四国＝東京駒沢＝軽井沢〉特急列車の事故と連続殺人を結ぶ鍵とは？ 十津川は事件の意外な仕掛けを見破った。

西村京太郎
十津川警部 長崎 路面電車と坂本龍馬

日本初の鉄道!? グラバーのSLはなぜ消えた？ 歴史修正論争の闇にひそむ犯人の黒い野望に十津川が迫った！

西村京太郎
高山本線の昼と夜

画家はなぜ殺された？ 消えた大作と特急「ワイドビューひだ」の謎！ 十津川、美術ビジネスの闇に真相を追う！

西村京太郎
消えたトワイライトエクスプレス

さらば寝台特急！ さらば十津川警部！ さらば西村京太郎！ 豪華列車に爆破予告！ 犯人の真の狙いは？

西村京太郎
阪急電鉄殺人事件

捜査の鍵は敗戦前夜に焼却された日記。ミステリーの巨匠が贈る戦争への思い。十津川警部が歴史の闇と真実に挑む！